筑真·拾年

海娜 吕静 张绪姝
执行主编 主编

中国言实出版社

图书在版编目（CIP）数据

筑真·拾年 / 吕静，张绪姝主编；海娜执行主编.
-- 北京：中国言实出版社，2023.3
ISBN 978-7-5171-4400-7

Ⅰ.①筑… Ⅱ.①吕… ②张… ③海… Ⅲ.①随笔—
作品集—中国—当代 Ⅳ.①I267.1

中国国家版本馆CIP数据核字（2023）第044101号

筑真·拾年

责任编辑：张天杨
责任校对：王建玲

出版发行：中国言实出版社
　　地　　址：北京市朝阳区北苑路180号加利大厦5号楼105室
　　邮　　编：100101
　　编辑部：北京市海淀区花园北路35号院9号楼302室
　　邮　　编：100083
　　电　　话：010-64924853（总编室）　　010-64924716（发行部）
　　网　　址：www.zgyscbs.cn　电子邮箱：zgyscbs@263.net

经　　销：新华书店
印　　刷：北京铭传印刷有限公司
版　　次：2024年6月第1版　　2024年6月第1次印刷
规　　格：710毫米×1000毫米　1/16　　20印张
字　　数：238千字

定　　价：78.00元
书　　号：ISBN 978-7-5171-4400-7

编委会

主　编

吕　静　张绪姝

执行主编

海　娜

编　辑

张天宇　邓　琳　邓　超

牛如愿　张　晴

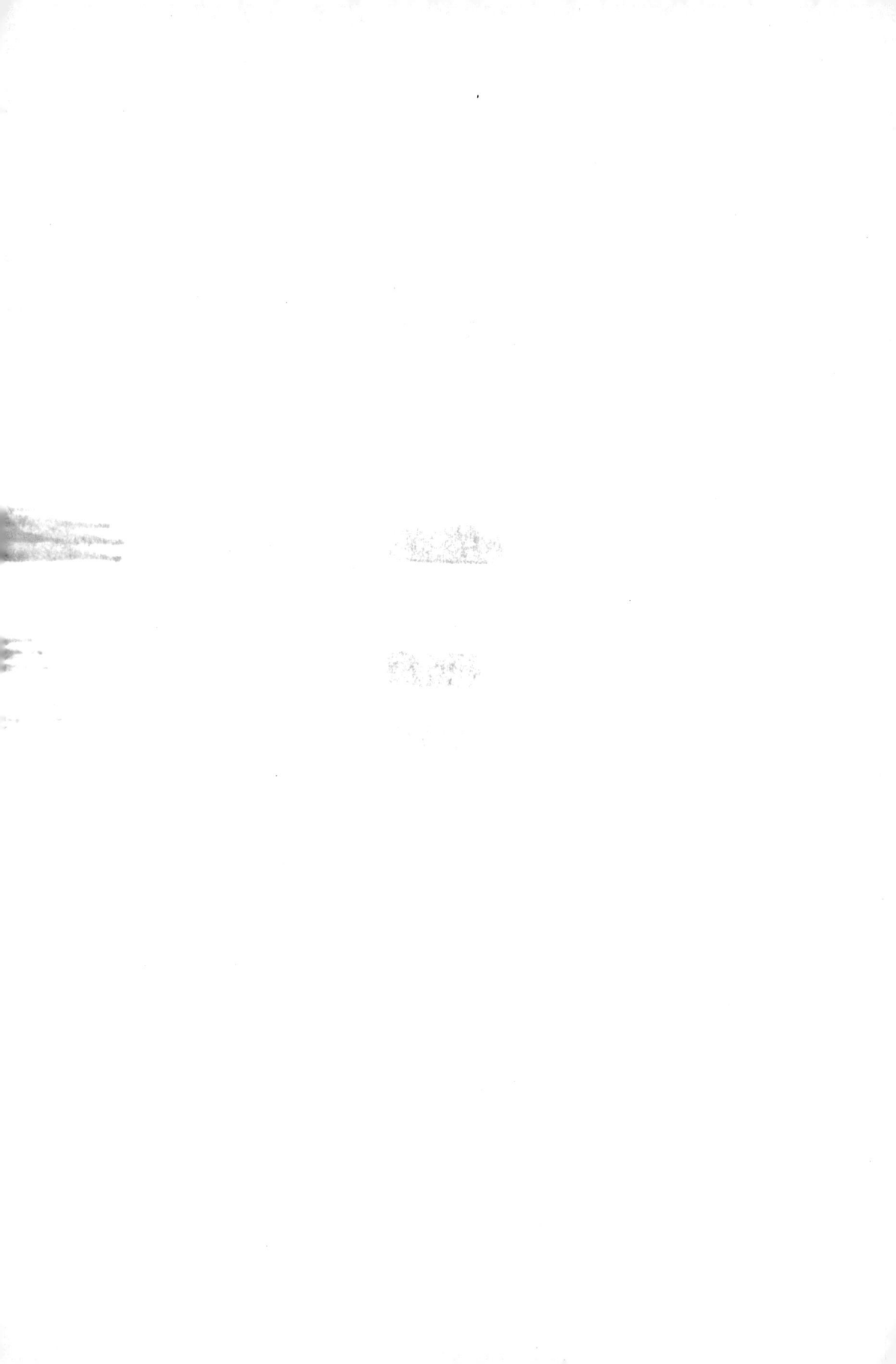

筑真时光书（代序）

2012 年，我校创办了"筑真"人文实验班，至今已有 12 年，到今年六月份，第十届实验班的学生也将结束他们的高中之旅。每个人都有自己的人生之路，我们从不同的地方来到这所美丽的校园，然后又都要去往人海茫茫的远方，但筑真班的这一段旅程，让我们有了共同的名字，共同的梦想，共同的回忆。

古人说，"石韫玉而山辉，水怀珠而川媚"。如果山里的石头埋藏着玉，连山川草木也会特别润泽，充满生机；如果水里的蚌壳生出了珍珠，河川也会变得更加光亮明媚，周边的山崖也不会干枯贫瘠，空洞乏味。当一个人拥有"玉的精神""珠的光亮"，也就是拥有生命的活力、思想的深度、人文的底蕴时，也会由内而外，焕发出一种从容优雅的气质。这就是学校创办筑真人文实验班的初衷。钱理群老师曾经说过：中学阶段正是人生的起始，是人的个体生命的"童年"。在这样珍贵的成长时光里，学校希望通过"筑真"人文教育，努力培养健康向上、关注生命品质与精神格调的，"有品质饱满的人"。

谈到人文实验班，很多人都会窄化地理解为文科班，其实我们的本意是在教育中贯穿人文精神的理念，尊重人之为人的价值，帮助孩子们去追求人生中最值得追求的东西。谈到"筑真"，不同的人也有不同的理解。邰亚臣校长在离开学校十年以后，偶然有机会回学校讲述他跨越十年的悲伤与喜悦，他用三个词语解释了"筑真"：第一是真实，就是真实地面对自己；第二是真挚，体现为人的情感的丰富度和温度；第三是真理，就是用纯真的心灵寻求人类文明最伟大的价值。

在十几年的筑真时光里，学校正是秉持筑真人文的理念，创设了不同的课程。首届筑真班的班长田宇同学在《一条不止于三年的筑真之路》一文中，从一个学生的角度对学校的课程进行了较为系统而生动的描述。在"天涯回想"中，很多毕业的学子写下了他们对筑真时光的印象与感受。非常幸运的是，虽然我们没有灌输筑真人文的明确概念，但从同学们的反馈来看，他们已经敏锐地理解了其中的内核，并且，这些理解已经和每个人的生命个性及独特表达融合在一起了。

2022 年，筑真班成立十年的时候，我和绪姝助理计划出一本纪念册。语文组组长海娜带领本组老师们收集整理了"筑真阅读课"、"四月天游学课程成果集"及"筑真意叶"公众号中的部分稿件。天宇联系各届筑真班班主任，向毕业生及在校同学征集文字，分别收录于"天涯回想""筑真在我，我在筑真"中。后来在谭小青校长的推动下，决定联系出版社将此书出版发行。受此鼓舞，我们计划完善各方面细节。考虑到"十年"这个关键词，最终大家决定在 2024 年第十届毕业生毕业汇演时正式发布，并在邓超主任的建议下将书名由《筑真·十年》改为《筑真·拾年》，在保留原来"十年"音义的同时，又增加"捡拾、整理时光"的意思。从提出设想到最后出版，经历了两年时光，感谢这期间为本书编辑出版辛苦付出的每一位同学、老师和领导！

这是一本时光交叠的书。文字的作者可能是相知相熟的同学，也可能是年龄差异不小素未谋面的陌生人，大家似乎在各自表达着内心的声音，但这些声音却在时光的交叠里形成美妙的和声。村上春树这句话常被引用，"每个人都有属于自己的一片森林，也许我们从来不曾去过，但它一直在那里，总会在那里。迷失的人迷失了，相逢的人会再相逢"。是的，每个人都是独特的，都有自己的来时与去处，我们可能相逢在相同的时间里，也可能分散在不同的时间里，我们可能完全走散了，也可能再相逢。但有幸，我们遇见同一片树林。在这片树林里，我们遇见彼此，遇见青春，遇见"四月天""筑真阅读课""青春光影""意叶筑真公众号"，遇见文学、艺术、科学、哲学、信仰……

这是一本指向记忆的书。书里的每一篇文字各不相同，或青涩或成熟，或温婉或豪放，但是对生命真诚的态度始终贯穿全书。已经毕业的同学也许可以在其中重拾旧日的时光，看见自己曾经的模样。当然，本书也注定充满遗憾，十几年中有很多记录筑真时光的重要文字可能被遗漏了，我们只有在别人的文字中唤醒自己的记忆。作为学校的老师，这些文字使我们重返筑真班开始的旅程，使我们在这个容易沉入焦虑的时代，重新获得向教育理想奔跑的激情与力量。

由于种种机缘，从2012年到今天，我得以陪伴筑真班一路走来，送走一届届的毕业生。这是一段充满青春光彩的旅程，让我感到生命的充实与温暖。想到还有很多共同奋斗的同事与伙伴已经离开校园，又不禁百感交集。东山魁夷说："人和花的生存，在世界上都是短暂的，可他们萍水相逢了，不知不觉中我们会感到无限的欣喜。"真诚感谢生命时光的相逢里，你们带来的无限欣喜。

希望这也是一本指向未来的书。16届的孟彤同学曾经说过，"没有人永远年轻，但永远有人正在年轻"，相信那些我们未曾谋面的正在走来的孩子，在将要开启的筑真时光里，会坚守筑真的梦想，创造新的奇迹。祝福筑真班的老师和孩子们在未来都找到代表幸福的金蔷薇……

吕　静

2024 年 4 月

目 录
Contents

第一部分　筑真阅读

与书相遇，与作者相遇，与自己相遇
——筑真人文实验班阅读课程

　　走进，书中的世界。走近，人物的内心。聆听，书页翻动的声音。清代钱泳在《履园丛话》中说："读万卷书，行万里路，二者不可偏废。"阅读，可增学问、广见识，学生在阅读中体验多样人生、感受多种情感。

　　我校筑真人文实验班的阅读课程打通高一、高二两个学段，两个年级学生在同一节课分享交流阅读心得，共享智慧与感悟。筑真阅读课程形式多样，有读书分享，有分角色朗读，有文学经典片段演绎，也有与台下观众的互动，大家的思想在课堂中流动起来。在这个过程中，两个年级的学生相互影响与促进，营造情境式的阅读氛围，进一步建构筑真文化。

　　与书相遇，与作者相遇，与自己相遇，每一位筑真学子在文字中感受人类情感最深沉的共鸣，在筑真阅读课里，在这种共鸣中，积累生命的厚度，丰盈自己的内心世界。

阅读推荐：《蒙田随笔》

2016 届 7 班　李宇晟

作家、作品简介

说起蒙田，大家一定是知道的，因为我们曾学过他所写的《热爱生命》，而我今天绝不只是介绍文学常识那么简单。我想说的是这位哲学伟人对后世产生的巨大影响。

米歇尔·德·蒙田（Michelde Eyquem de Montaigne，1533—1592），是文艺复兴时期法国思想家、作家、怀疑论者。其座右铭是："我知道什么呢。"他年轻时在图卢兹大学攻读法律，后曾在波尔多法院任职十余年，当过国王的侍从，亲历战争，游历欧洲各地，还两次当选波尔多市市长。他阅历广博，思路开阔，行文无拘无束，其散文对弗兰西斯·培根、莎士比亚等都影响颇大。所著《随笔集》三卷名列世界文学经典，被人们视为写随笔的巨匠。

《蒙田随笔》是法国人文主义作家蒙田的主要作品，在西方文学史上占有重要地位。蒙田另辟蹊径，不避嫌疑大谈自己，开卷即说："吾书之素材无他，即吾人也。"他并不停留在前期人文主义文学高唱人的赞歌、颂扬"巨人"无穷力量的层面上，而是把目光转向了人自身的局限性，揭示人对于宇宙之渺小，信仰失落时的丑恶，人与人的陌生、

隔阂与孤独。作品中表现的怀疑论思想，显示了文艺复兴后期思想家对人自身认识的深化。各章的篇幅长短不一，文章之间结构随意自然，内容广博多姿，是法国近代第一部散文集，被誉为"欧洲随笔的鼻祖"。该书于1580—1588年分三卷在法国先后出版。自此以后，《蒙田随笔》一版再版。它与培根的《培根人生论》、帕斯卡尔的《思想录》一起，被人们誉为欧洲近代哲理散文三大经典。

《蒙田随笔》的写作特点和内容

《蒙田随笔》语言朴实无华，文字看似亲切有趣，内涵丰富广博。作者以与人聊天的口吻，行云流水的笔触书写人生智慧、生活哲学。

虽说蒙田的文章读来趣味盎然，可由于作者惯常旁征博引，想要顺畅阅读，需要我们有大量的知识储备。所以在此推荐大家好好了解一下古希腊、古罗马的作家、政治家的事例，避免刚开始读的时候就被大量的史料吓回去，从而错过了与这本好书的相知。

在《蒙田随笔》中，日常生活、传统习俗、人生哲理……无所不谈，具体内容总结起来有九个方面："认识自己，完善自我""学会学习，掌握成才主动权""扔掉坏习惯，让自己更出色""坚持美德，优秀其实很简单""拒绝消极情绪，培养积极心态""区分轻重，做事效率更高""行事有度，结果更完美""待人接物，谨慎呵护人缘好""拆掉思维里的'墙'，天下没有纯一事"。然而这只不过是高度概括出来的粗浅内容，并不能涵盖全书共 107 章百万字左右的哲学精华。

英国女作家弗吉尼亚·伍尔芙曾这样评价蒙田："这样议论自己，辨析自己飘忽的思维，把灵魂在其惶惑、变动、未完满状态下的重量、色彩与曲折和盘托出。这个艺术只属于一个人，他就是蒙田。"

有人说所谓经典，就是让人搁在书架上，以便一千次、一万次地被取下。我想说，《蒙田随笔》一定是这样的一部经典之作。因为它作为"正直之人的枕边书"指引了许多人前进与思考的方向，成为哲学与思想上的一座无与伦比的丰碑。

去读读《蒙田随笔》吧，哪怕只是其中的一篇文章，都足以使你感受到这位 16 世纪人文主义思想家的魅力。与这样一位哲学家跨越五百年的时光亲切交谈，一定能使你享受到哲学与思想的饕餮盛宴。

《最后的日记》——克里希那穆提

2016 届 8 班　刘畅

有这样一位老人，美籍诗人纪伯伦在见到他时曾发出这样的感叹："当他进入我的屋内时，我禁不住对自己说：'这绝对是菩萨无疑了。'"爱尔兰剧作家萧伯纳也说过："他是我所见过的最美的人类。"这位老人就是印度哲人，克里希那穆提。

克里希那穆提被公认为 20 世纪最伟大的灵性导师。他的言论和著作无法归属于任何一种宗教，既非东方，也非西方，而是属于全世界。这位慈悲与智慧化身的人类导师，穷其一生都在努力带领人们进入他所到达的境界，直到 90 岁去世前还在为此不停奔波。《最后的日记》一书是克里希那穆提在奥哈伊山谷度过生命中最后的时光时，独自一人以录音的形式记录下的言论，是他留给世界的最后的话语。看着封面上那张布满皱纹的面孔，我在想：这位老人会有多美呢？

这本书是这样开篇的："河边有一棵树，数周以来，每当日出时分，我们就会凝望着它。"凝望，这是我能想到的人类对自然所做的最美的事。一位备受崇敬的老人，一位享有盛誉的智者，在面对群山时，在面对树木时，在面对蟋蟀时，没有想过征服什么、占有什么，甚至不忍惊扰；他唯一乐于做的，就是凝望。他热爱自然，爱得平和且谦卑，所以才不舍得改变它一丝一毫，所以才选择用目光而不是手去触摸它。在我看来，克里希那穆提怀有一种出世的清静，他的美是无欲无求的、超然的。

当他进入我的屋内时，我禁不
住对自己说："这绝对是菩萨
无疑了。"
——纪伯伦

　　反观城市里的我们，贪婪、自大似乎已是见怪不怪了：太多野生
动物死于人类所追求的一个"鲜"字，太多树木因为越建越大的房屋被
拦腰伐断，太多河流只被当作免费的排污厂……我们所谓的"开发资
源"，实则是剥削、是摧毁、是屠杀！更可怕的是，在许多人眼中，那
些无休止向自然索要资源的人，那些欲望膨胀的刽子手才是"聪明人"，
这样的冷漠叫人心寒。人类以万物之尊自居，看待其他生灵的眼光总透
着些许鄙夷。我曾读过这样一个故事：野生动物园里的小狮子抓伤了游
客，曾有人提议宰了这个小畜生。最后它虽得免一死，却再也不能走出
铁栅栏半步。小狮子伤了人就该死，那又是谁束缚了它自由的天性在先
呢？我们以文明自诩，而在那些被囚禁、被杀戮的生命眼中，人类何尝

不是怪物，何尝不是瘟疫呢？

　　人与自然已出现了太多的不和谐，但我们并没有止步于此，即使都是人，也被有些人依据不同的标准划分成许多部分：教徒与无神论者、白人与黑人、富人与穷人……就是这样的界限，让同类的人抱团，然后站在人群里指责与自己不同的人。当然，分类还可以做得更细致，但事实上，类别分得越细，我们身边的人就越少，眼中的"异类"就越多，矛盾和冲突也就越多。如果所有人都奢望和同自己毫无分歧的人站在一起，到最后，我们唯有选择各自孤立。把心打开一点，不要对不同的人心存芥蒂，这样就少了一些好斗的性格，多了一些和谐。或许我们做不到欣赏一切，但对于多样性的尊重是不可少的。面对不同，少一些征服和统治，多一些包容，给除自己以外的存在多一点空间和尊严，生活会平和很多。

　　克里希那穆提看到了世界上的分歧、暴力和杀戮，责任感让他做不到坐视不理。于是我们看到，一位老人顾不得年迈，仍在忧心忡忡地奔走，因为这个世界上还有太多扭曲的事情存在。直到他走不动了，甚至拿不稳笔了，住在世外桃源一般的奥哈伊山谷，他还是舍不下世人，他还要讲，还要劝，还要度人。克里希那穆提不仅美在出世的平和，更美在入世的使命感。他把世间的丑陋看得清楚，他也完全可以在山谷中躲个清净，可他却还是选择了将余生用来开导世人。他度了自己还不忘度人，这样的通透和承担受得起"最美"二字。

人生要有理想、有信仰

——读《钢铁是怎样炼成的》有感

2017 届 8 班　赵翌楷

　　《钢铁是怎样炼成的》是一部家喻户晓的长篇自传体小说。想必大家对屏幕上这两个人也并不陌生，一位是它的主人公，保尔·柯察金，一位是它的作者，奥斯特洛夫斯基。尼古拉·阿列克谢耶维奇·奥斯特洛夫斯基，苏联作家，坚强的布尔什维克战士，著名的无产阶级作家。他 1904 年出生于乌克兰的一个工人家庭，因家境贫寒，11 岁便开始当童工，15 岁上战场，16 岁，也就是我们这个年纪时，他在战斗中身负重伤，23 岁双目失明，25 岁身体瘫痪，在 1936 年，年仅 32 岁便去世了。罗曼·罗兰对奥斯特洛夫斯基的英勇事迹感叹不已，认为他"本身就是一首诗，而他的作品《钢铁是怎样炼成的》更是一首诗"，是"对火热而英勇的生命的一曲赞歌"。他在给奥斯特洛夫斯基的信中写道："您的名字对我来说是最高尚、最无私的代名词。"

　　人生需要理想和信仰，这是我在读过《钢铁是怎样炼成的》这部享誉世界的名著之后的深刻感悟。因为信仰可以为你照亮前行的路。在《钢铁是怎样炼成的》中，小时候的保尔身处社会的底层，具有强烈的正义感和反抗精神，这不光是自己被神甫欺负时向复活节面团里撒的那

一把烟粉，更是对所有同他一样被剥削受压迫的底层人民的一种同情。即使有着同情与正义感，但保尔更多时候感到的是一种无奈与无助。保尔的这一点在对女工弗罗霞悲惨遭遇的描写中体现得淋漓尽致。

　　保尔站在楼梯下面的暗处，听了这场谈话，又看到弗罗霞浑身颤抖，把头往柴堆上撞，他心头的滋味真是不可名状。他心里对普罗霍尔的仇恨更强了，他憎恶和仇视周围的一切。"唉，我要是个大力士，一定揍死这个无赖！我怎么不像阿尔焦姆那样壮呢？"

　　即使是对一名不甚交好的女工，保尔也是充满着同情与正义感的，可是他既不是大力士，也无权无势，有时连自身都难保，此时的保尔充满着迷茫，不知如何是好。不久，一个对保尔意义重大的人出现了，他就是朱赫来，他带来的布尔什维克主义彻底改变了保尔的命运。

> 朱赫来攥紧拳头用力砸了一下桌子，站起来，两只手放在口袋里，心情烦躁地在房间里走来走去。这个经历过风暴长时间考验的水兵，突然向保尔说起惨烈的现实真理。"啊，小兄弟，小时候我也和你一样。我一生下来就有一股不安现状的信念，只是不清楚如何反抗。我也常常什么都不顾地去和他们打架，但除了又挨爸爸的一顿揍之外什么也得不到。不团结起来斗争，是无法改变眼前的处境的。保尔，你足可以成长为一个投身于工人阶级事业的出色士兵。现在，小伙子，我乐于把你领到光明的道路上，因为我清楚你将来会有所作为的。我特别瞧不起那些毫无反抗意识的家伙。全世界都着火了，奴隶们在反抗，他们要挣脱枷锁。可是，为了实现它，需要无数勇敢的战士，而不是没吃过苦的草包。"

从这时起，保尔开始逐渐接受布尔什维克主义，并坚定地走上了革命的道路，是苏维埃社会主义信仰引领保尔走出迷茫与困窘，使他潜在的反抗精神得以爆发。

人生需要有理想、有信仰，因为信仰可以给你战胜挫折困苦的力量。托卡列夫——一位上了年纪的老人，在面对乌克兰的严寒和艰巨的修路任务时，并没有退缩过，反而激励起身边的同志来。

> 同志们，我就跟你们明说了吧：情况糟透了。到现在换

班的人还没凑齐，能派来多少也不知道。转眼就要上冻。上冻前，豁出命来也要把路铺过那片洼地。不然，以后用牙啃也啃不动。咱们这里必须加油了。哪怕脱五层皮，也要修好。要不，咱们还叫什么布尔什维克呢？只能算草包。

托卡列夫的声音铿锵有力，完全不是平时那种沙哑的低音。从中能听出他的坚定不移。

信仰的力量是无穷无尽的，也是公平的，无论你是谁，无论你年长还是年少，只要你有信仰，它便能给予你战胜常人难以忍受之磨难的力量，使你在正确的路上坚强地走下去。

人生需要有理想、有信仰。在我们国家，在中华民族五千年璀璨的历史中，我们曾经有过无数个毫不逊色于保尔的人物。文天祥、邓世昌、黄继光、雷锋，等等，他们都是我们民族的骄傲，是钢铁般的中国人。我们所能做的，便是将自己培养成一名如保尔般坚定顽强的建设者，为我国全面建设社会主义现代化国家添砖加瓦。同学们，我们一定要学习和发扬保尔这种坚定顽强的精神，因为只有这样，我们才能在人生中战胜困苦，挺过风暴，并最终有所成就，14亿多中华儿女的成就，必将成就中华民族伟大的明天。

何为"文化苦旅"

2017 届 8 班　高源

　　今天我为大家推荐的书是《文化苦旅》，它是余秋雨在 20 世纪 80 年代凭借丰厚的知识、独到的见解、飞扬的文采，在海内外讲学和考察途中写下的作品的结集。是一部文化散文集，开创了散文的一代新风，受到很多读者的喜爱。

　　文化散文在取材和行文上表现出鲜明的文化意识和理性思考色彩，是有着深厚的人文情怀的散文。在余秋雨的一系列文化散文中，始终贯

穿着一个主题：对中国历史、中国文化的追溯、思索与反问，与单纯的历史文化反思作品相比更富有理性和诗意。

接下来和大家分享一下我对《文化苦旅》中"文化"含义的体会。

农耕文明和游牧文明因为战争、冲突而逐渐走向融合。中华文化的三条天地之线是哪三条？黄河、长江和在这两条线北方的400毫米等降水量线，由于这条降水量线与长城有多处重叠，所以第三条线也可以算作长城。长城的功用是让农耕文明不受游牧文明的侵犯。由于气候和其他条件的影响，游牧民族工艺落后，许多武器工具无法自己生产，同时干旱的气候使游牧民族经常出现饥荒，为了改变落后的生产方式缓解生存压力，他们不断挥军南下。而农耕民族生活稳定，小农经济，非常保守，对外界事物有畏惧和抗拒心理，所以没有创新开拓的欲望。两种文化的冲突正好让长城内外的这两种文明改善各自的缺点，更好发展。

余秋雨走过许多对中国文化来说有坐标意义的文化古迹。比如，四川有名的都江堰要归功于李冰，他被称为实践科学家。我一直很佩服中国古代从事学术研究并具有亲自考察精神的人，很多时候我们习惯了从书本中来到书本中去，缺乏实证过程。但那些从事研究的人在更多的人心中点燃了文明的火种。秦统一中国，把四川作为一个富庶的出发地，从南线问鼎长江流域。这个政治计划到了李冰那里就变成了生态计划，他虽没有学过水利，但经过钻研，总结出了"治水三字经"和"八字真言"。他任蜀郡守，却手握长锸，真的站在江心的岗亭前指挥和鼓励人们，和他们一起完成这项伟大的工程。他命令自己的儿子做三个石人，镇于江间测量水位。后来由于破损严重，汉代水官又重造了"三神石人"，其中一尊就是李冰的雕像。"出土的石像保存在伏龙观中，但我们看到它时不禁想到了他治水的功绩，还有他尽职尽责的工作作风和冰清玉洁的行政纲领，从人民的角度出发，为人民服务。这也从治水的攻略变成了治人的谋略。可不可以说我们从现在保存的中国文化中寻找到了历史的痕迹呢？"

这本书的旅行也不止于中国，书的后一部分还写了世界之旅。我看到《鱼尾山屋》的时候还挺有感触的，文明的过度堆积会给人造成审美疲劳，使人们反而更向往简单和自然的文化。我们应该重视新的精神文化基础的建立，开创新文化，但文明的创造要与自然保持和谐，尽力寻找一种平衡！

讲过了中国之旅和世界之旅后，大家是否有些心动？想要在放假时去看看文化的发源地呢？毕竟世界这么大，应该去看看。有时候，我们对课文或诗中描述的景色好奇，便去想象和猜测。比如苏轼笔下的赤壁，"乱石穿空，惊涛拍岸，卷起千堆雪"。他所看到的景象真的是这样吗？只有真正走在路上，才能摆脱局限，让所有的猜测和想象都生机勃勃地展现在你的面前！

书中最后的部分是"人生之旅"。

余秋雨说："看自己，并不是执着于'我'，而是观察一种生命的状态，能否扩展和超脱。"换一种说法就是寻找远方的自己，开创圈外的生命。突破围城，让生命更精彩！

让我们再来看看《文化苦旅》中的"苦"。为什么会苦呢？苦指的是什么？

这个"苦"，既非旅途上的疲惫，亦非单指作者为所见所闻感到痛苦，而是一种交织着悲凉、愤恨与惋惜等复杂的情感。

余秋雨说："中国文化有着很强的前后承袭关系，但由于个体精神的稀薄，个性化的文化承传常常随着生命的终止而终止。"

他的愤恨并非只是针对那些不择手段骗取劫掠中国瑰宝的国外强盗，更是针对当时中华民族对待祖先遗留下来的文化遗产所表现出来的令人心痛的态度——自私、冷漠、麻木。无人去保护文物，甚至面对外来盗贼的劫掠袖手旁观，趁火打劫。

余秋雨先生的"苦"，还饱含着对当今知识分子英年早逝的惋惜。

所以说悲凉、愤恨、惋惜等情感以及对华夏民族数千年文化的种种感慨，便形成了《文化苦旅》中那种独特、浓厚而又使人掩卷长叹的苦味，令人震惊，令人沉思，令人警醒。最后我想以这两句话作为结语："文化是喧腾市声之外的一片安静的沃土。最美丽的月光，总是出自荒芜的谷。"

《平凡的世界》——命运

2018 届 10 班　邰佳萱

《平凡的世界》，初读来索然无味，甚至觉得有点"土得掉渣"。读下去才发现，偏僻的山村里、老实的庄稼人中，竟有一种波澜壮阔、荡气回肠的力量。平凡的世界里，平凡的只有语言。

有时会思索一些无边际的问题，比如，人的命运是什么在掌控；又如，是人创造了历史，还是历史改变了人；再如，既然人生短暂，世间不过是暂时停留之地，到头来一场空，那千千万万的人在世间辗转奔波到底为何、人活着到底有什么意义。这本"土得掉渣"的《平凡的世界》倒让我找到些头绪。

命运、生死，是令哲学家绞尽脑汁思考的玄而又玄之物，而却压不垮黄土地上的庄稼汉。少安、少平即是最好的诠释。少安早早挑起了生活重担，撑起一个破落不堪的家，不论是感情上、舆论上、家庭上、经济上，他都经受过几乎将其打垮的折磨，他痛苦、抱怨，可从来没有屈服、倒下，凭着满腔热血和脚踏实地的劳动，将生活经营得风生水起。少平比少安多了一种眼界的宽广和胸怀的辽阔，更知忍辱负重，纵使脊背被压得直不起来，他也在令人气都喘不过来的艰辛生活里为自己保留一片天空。少平有理想、有一颗赤子之心，这使他心中永远不会失去高于流俗的光辉，这是艰难困苦、生离死别都无法夺走的。读完整部

• 关键词：答案
• 三个问题：命运 历史 意义

BGM：《Blowin' In the Wind》 Bob Dylan

书后，回想开始时青涩局促、连丙菜都吃不上的少年，我感叹生活之残酷就像大浪淘沙，也许会冲刷走很多你珍视的东西，但沉淀下来的，却是永远的财富。

让我意外的是，这部书的结局竟是这样不如意。秀莲的病、少平的事故，似乎再一次让这家人陷入困境，全然不像前两本结尾时一派欢天喜地。但作者也许想告诉我们：这就是生活。困难、挫折永远不会绕开谁，生活的脚步不会为任何人停止，你只能在枪林弹雨中匍匐前进、一刻不停。后来的一切怎样，无人知晓，但我们坚定地相信，少安、少平一定已经在黑暗中摸索前进，而生活又会对他们微笑了。关于命运的答案，就是命运只能被掌握在自己手中。

命运的汪洋总在淹没一些人，历史的洪流也在抛弃一些人。如书中所说"有人创造历史，历史也在成全或抛弃某些人"，被历史抛弃的是孙玉亭之辈，被历史成全甚至创造历史的就是无数的少平、少安。人类的历史闪闪发光、波澜起伏，而创造历史的就是黄土地上的人，就是平凡的人。只有像他们一样，拥有顽强的精神，同时也肯依靠自己的双手的人，才能在其中屹立不倒。纵使有无数机缘巧合，人只有紧握自己的命运才不至于在人生中迷航。我想这就是关于历史与人的答案。其实我们每个人都有着他们的"血统"，都有这"韧"的意志，都有这伟大的平凡。

只是我还有一问题未得解决：既然终究要离去，那人活着到底为什么？虽然仍不知道答案，但我开始觉得我这个问题很肤浅，是我自身不可避免的肤浅。在这样的未经过什么挫折的年纪问出这样的问题，是对生命的不够敬畏，在没有经历生活中的摸爬滚打、奔波劳苦时，永远都找不到答案，也没有资格这样问。这个问题也许谁都答不上来，也许人人都有不同的答案，只有自己经历生活，才能得出属于自己的答案，才能更真实地理解这平凡的伟大、伟大的平凡。

"伟人们常常企图用纪念碑或纪念堂使自己永世流芳。真正万古长青的却是普通人的无名纪念碑——生生不息的人类生活自身。"我想，生生不息的，具体说也许是少安、少平们的精神，也许就是我尚无法回答出的答案。

诗歌的艺术

2018 届 10 班　兰雨萱

翻开时间的卷轴，跨越历史的长河，走访名山大川，或到一望无垠的沙漠……你有没有突然产生过一种冲动，感觉有一股澎湃的激情在胸腔中回荡？或是张口叹息，抒发自己心中的一抹惆怅？当你产生这种感觉时，诗歌的女神已经悄然来到了你的身旁。下面就让我们一起步入诗歌的世界。

何谓诗歌？诗歌是一种抒情言志的文学体裁。南宋严羽《沧浪诗话》云："诗者，吟咏性情也。"诗歌是一种语言的艺术。而在古代，诗歌其实真的是指诗词和歌舞。我国最早的诗歌总集《诗经》中的"风"就是各地民谣的整合。

诗歌与文章、书法、绘画、舞蹈等艺术形式一样，是古往今来的人们表达自身情感的媒介。"吾家洗砚池头树，朵朵花开淡墨痕。不要人夸好颜色，只留清气满乾坤。"这首著名的咏梅诗为元代画家王冕自题于《墨梅图》上。这首诗用寥寥数笔描绘出画中梅花的形态，更点出了梅的清气、梅的傲骨、梅的高洁，自有形之中脱出了无形，表达了诗人对梅花君子品质的赞颂和向往。

诗歌的有趣之处远不局限于一首诗，一名诗人的诗作也能反映出诗人的成长历程。最近我在读《普希金诗选》，其中的诗歌是按照时间顺序编排的。读着普希金不同时期的诗歌，仿佛能看到不同时期的他提笔坐在桌前的样子。

　　1815 年，16 岁的普希金刚刚在诗坛上小有成就，他的生活处于上升阶段，他的青春恣意而飞扬。看——他的一首《玫瑰》写得多么激昂，那时的他满怀着希望，与玫瑰的告别没有哀伤："不要说：这就是生活的欢畅！"继而向百合掷去了目光。

　　1820 年，普希金因声讨农奴制而被流放，他的诗作中透着一抹惆怅。他在对自身进行反思，却不为"那在枉然爱情的幻想中逝去的岁月"而惋惜：他在追忆往日的热情。我的耳旁能够反复听到他内心的呼喊："但你们在哪里，那动人的时刻，当青春充满希望，心灵充满宁静？早先的热情和灵感的泪水在哪里？请你们回来吧，我春天的岁月！"

　　光阴转瞬即逝，1826 年普希金重新被沙皇赦免，而这首《诗人》写于一年后。28 岁的他经历了人生的一个起落，诗中更多了一抹沉淀。

褪去了青年的稚嫩与狂放，他渐渐学会了"意志薄弱地生活，被无聊的事物缠着身"；"他神圣的竖琴在沉默，心灵被冷冷的梦所缠绕，在世间渺小的孩子中，他也许比谁都更渺小"。然而，诗人的心灵不会永远沉寂："就像一只受惊的鹰，诗人的心灵会醒来。在世间的欢乐中愁苦，与人世的流言无缘，他不会垂下高傲的头，跪拜在人们的偶像前；野性而威严，他在逃，充满着呐喊和不安，逃进涛声无边的树林，逃向浩瀚汪洋的岸……"这时他的诗就像神秘的海，在平静的海平面以下依然可以感受到汹涌的暗潮。他将自己的情感寄托于诗作中，以抚慰自己难以平静的内心。

　　不论是寄托着情感还是讲述着哲理，诗歌，之所以被称为艺术，就在于其中凝结着作者深刻的思考。这种思索，不管是在古代还是现代，中国或是外国，都是无数诗人探索的永恒课题。比如普希金在《生命的大车》中提道："大车像从前一样地滚动；傍晚是我们已将它适应，我们惺忪地赶到宿营地，时间却仍在策马前行。"这种面对时间的轮转而产生的感慨，在辛弃疾《丑奴儿》的今昔对比，以及席慕蓉的《青春》（"却不得不承认：青春，是一本太仓促的书"）的感叹中也可以看见。

　　即便是现在的我们，也依然会感叹韶华易逝。那么为什么不将我们的感悟表达出来呢？我们现在写的作文，与古文之于古人又有什么区别呢？这便是我写诗最初的动机。起初只是随便写写，从这首《摇椅》中不难看出，当时就是将押韵的几个句子换行排列。说来也有趣，是因为邻居家的爷爷坐在一把比较陈旧的摇椅上看报，忽然童心未泯地把椅子翘了起来……结果一个重心不稳，从椅子上滑了下来。当时我为老爷爷捏了一把汗啊，飞奔过去后老爷爷还装作一副什么都没有发生的样子，起身掸了掸土，云淡风轻地解释说："我就是晃悠过劲儿了。"

至于《雨中》，其实就是与几个好朋友一起躲了一场秋雨，感觉当时说笑的氛围很好，回家就记录了下来。那时候大概初三毕业，想到我们即将各奔东西，终究是聚少离多，大概是不想让自己忘却这段曾经的欢乐时光吧。现在我学习着诗歌，拜读着著名诗人们的著作，觉得以前写的诗不管是在形式上还是立意上都还有很大的欠缺，可以说是"路漫漫其修远兮，吾将上下而求索"吧。

常言道："生活中从不缺少美，只是缺少发现美的眼睛。"当你沏上一壶清茶，翻开一本书，站在高楼上远眺，或与友人促膝长谈，或多或少都会感觉到一种悠然的意境。有时候一场雨雪、一把摇椅，甚至是一位老爷爷，都能让你有所感悟。细细品味，其实这就是一种最本质自然的生活方式。这也许就是诗歌的艺术吧，它源于生活，却又超脱于生活之外。每个人都可以成为诗人，也祝愿大家诗如生活，生活如诗。

阅读推荐：《悲惨世界》

2019 届 9 班　赵望璇

作者简介

维克多·雨果（Victor Hugo，1802—1885），法国作家，19 世纪前期积极浪漫主义文学的代表作家，人道主义的代表人物，法国文学史上卓越的资产阶级民主作家，被人们称为"法兰西的莎士比亚"。他一生写过多部诗歌、小说、剧本、散文和文艺评论及政论文章，在法国及世界文坛有着广泛的影响。

剧情

25 岁的冉·阿让（Jean Valjean）因给饥饿的外甥偷了一块面包而锒铛入狱，本来只有五年的刑期却因为他屡屡尝试越狱而延长到了 19 年。他出狱后对社会充满了憎恨，想要报复，却遇到了一个好心肠的主教感化了他。冉·阿让从此决定洗心革面，于是他撕毁了黄色身份证，抛弃了苦役犯的身份，化名为马德兰，重新开始，并在十年后成为一个成功的商人、人人爱戴的市长。就在这时，以前缉拿过他的警长沙威（Javert）再次出现，沙威认出了冉·阿让，决心抓他归案。与此同时，冉·阿让又在阴差阳错下收养了成为妓女的女工芳汀

（Fantine）的女儿珂赛特（Cosette）为养女，他向珂赛特隐瞒了身份，并从此带着珂赛特开始了漫长的逃亡生活。几年以后，珂赛特在机缘巧合下认识了革命青年马吕斯（Marius），随后二人坠入爱河。后来马吕斯所在的革命组织（ABC）爆发起义，冉·阿让也在此时知道了珂赛特与马吕斯的恋情，他收到马吕斯来信后也来到街垒加入了战斗。战斗中，冉·阿让放走了被俘的警长沙威，还把自己的住址告诉了沙威，让沙威在起义结束后去抓他，而他的行为终于感动了沙威，动摇了沙威一直以来类似于"坏人一辈子都是坏人"的信念。另一方面，马吕斯在战斗中受重伤，冉·阿让从下水道将他救离险境，当时身负重伤的马吕斯并不知情，此时沙威在下水道中堵住冉·阿让，但又放走了他，而沙威因无法忍受世界观的崩塌，最后投河自尽。马吕斯后来才知道冉·阿让原来就是自己一直寻找的救命恩人，在与珂赛特结

婚后，二人去修道院寻到了冉·阿让，但冉·阿让此时已经生命垂危，最后在珂赛特和马吕斯的怀里与世长辞。

浅析

《悲惨世界》——是道德的沦丧？是人性的光辉。

《悲惨世界》原著法文名字是 *Les Misérables*。"Misérable"在法语里的意思就是"可怜的""悲惨的"。末尾加"s"是表示复数。"Les"是冠词，所以原文意思是"悲惨的人们"。那么《悲惨世界》究竟悲惨在何处？

说到悲惨，冉·阿让为了一块面包入狱 19 年是悲惨，芳汀为了女儿卖头发卖牙齿沦为妓女是悲惨，珂赛特从小被寄养在势利的德纳第家是悲惨，马吕斯因为政见不同与祖父不和是悲惨，革命战场上年轻人为理想的国家而死是悲惨，爱潘妮为了一个没爱过她的男人挡枪而死是悲惨。书中此类的悲惨还有太多太多，不胜枚举，这些都是个人的悲惨。其中沙威的悲剧是比较特殊的，整个故事中，沙威可谓是被塑造成了半个反派的角色，但他其实也只是一个忠诚于自己事业的人，一个不轻易放弃原则的人。他出生在监狱，从小与罪犯打交道，他的世界观太过分明，在他的认识中一切都是非黑即白、非善即恶的，但就是这样一个人，最后一刻放走了冉·阿让，却因为背叛了自己的原则，走投无路而投河自尽，也许比起在崩塌的信念中撕扯苟活，他更愿意去迎接死亡。

故事中的德纳第夫妇，他们势利、狡诈、贪生怕死、卖友求荣。雨果也曾这样形容他们："有一类人，就好像海中的虾一样，在潮流的拍打中，只是后退，从不前进。"他们是那些生活在底层、想要在夹缝里求生的人们的缩影。这些人大部分不是穷凶极恶之徒，既未杀人，也

未放火，只是冷漠，或有时添油加火。但是在某种特定情况之下，这些就成为一种恶，极其严重地伤害了他人，甚至他们本人还并不自知。大家仔细思考一下，就会发现，这些人就是那个时代所谓的"常人"，他们就是社会，就是时代。如果一个被社会逼的原本不愿为恶的人作恶，就如冉·阿让，那么这个社会便是坏的社会；一个时代若是逼迫原本良善的人逐步走向堕落，就如芳汀，那么这个时代便是悲惨的时代。这也正是雨果笔下的社会与时代的悲惨。

　　以上所说的固然都是悲惨，但这些就是雨果想体现的"悲惨"吗？怕还不止吧。悲惨的是人们的命运不能由自己掌握，甚至他们的善与恶也不为自己所决定。悲惨的是人类在历史的洪流中是那么的微不足道，被现实所挤压着挣扎求存。在混沌的现实中人类的心是如此的卑微无力——但在这绝境中，仍可见人性的光辉，那就是爱。博爱和亲情，犹如刺破黑暗的阳光一般闪耀着，而令人觉得生存仍然是有意义的。

芳汀为了对女儿的爱而死；冉·阿让为了不让一个不相干的人代己受过而投案自首；爱潘妮也为了爱情献出了自己的生命。再说到沙威，当他放走冉·阿让之后，他在塞纳河边沉思自省，他发现了一种感情，和法律上的是非截然不同，他接受了冉·阿让放走他的"善行"而后又决定要予以报答，这种原谅、宽宥、仁慈，甚至是出自怜悯的动机，严重违反了法律。在善与恶的较量中，沙威自我拷问，他最后投河自尽，可谓是人性的善获得了胜利，他在自己善恶观遭到颠覆之时窥见了人性的光辉，并在这光辉中走向生命的尽头。

雨果在《悲惨世界》中曾写过这样一段话："世界上最广阔的是海洋，比海洋更广阔的是天空，比天空更广阔的是人的内心。"而人的内心是善的。《悲惨世界》不为写人性的恶而作，却是为了写人性的美。而人性的美在何时最能体现出来，恰恰又是在最黑暗的时刻。

《摆渡人》

——别忽略人生中每一个意想不到的时刻，那是你灵魂的摆渡人在向你告密

**2019 届 8 班　刘莹　刘昕　张恩朝　李辰菲
李智桐　李佳阳　杨可**

首先，我们来为大家讲三件事，或许也是作者想传达给大家的三件事。

如果命运是一条孤独的河流，谁会是你灵魂的摆渡人？

这句话就印在《摆渡人》色彩斑斓的封面上。编者企图让读者在看到书的一瞬间就开始思考。

迪伦本计划着周末去看她的父亲——她的双亲离婚了——现如今她同母亲一起生活着，于是计划中的那天，她登上了列车。列车的晚点使人们喋喋不休地抱怨，我想这也是我们社会中一类人的缩影。书里写到列车上有各类人，如酒鬼、怪人，想把一生的故事都讲给邻座的人听的人，以及那些非要和你探讨人生意义之类的大道理的人，还有一些富有的商人，或许也有和迪伦一样的人。

这趟列车最终失事了，它的终点站是死亡。

如果把这趟列车想象成在这个世界上生活着的每个人的生命，那么看起来每个人最终的归宿都是一样的。我想这是作者要表达的第一

迪伦：刘昕
崔斯坦：张恩朝

件事。

在《摆渡人》的世界里，人死后还会穿过一片荒原，并需要有一个摆渡人带领死后的灵魂躲过荒原上猎食灵魂的怪物。书中迪伦和她的摆渡人的一段对话似乎是作者的一个暗示。

荒原的状况竟是由来到此地的灵魂决定的。灵魂的状态决定了荒原是陡峭还是平缓，是阴雨还是晴朗。灵魂心之所向甚至影响着摆渡人。如果灵魂在荒原中一直处于焦虑不安的状态，那么荒原就会变得愈加危机四伏。再做一个比喻，如果荒原是余生中的灾祸，那么这番灾祸平定与否全在我们自己。如若我们冷静处理，它也会逐渐被我们瓦解。作者也许在告诫我们，人类灵魂最大的摆渡者，是人类自己。

"如果我真的存在，也是因为你需要我。"我想这是作者想告诉我们的第二件事。

崔斯坦是迪伦的摆渡者，而迪伦也会去关心崔斯坦，会先在意他

的安危。受迪伦的影响，潜移默化地，崔斯坦也被她"摆渡"了。

这也许是作者想说的第三件事——"摆渡"是一种相互作用力，一种双向的救赎。

说来容易，但摆渡所需的勇气却是极大的。

而勇气，也是推动整个故事发展的关键因素。

在"摆渡"开始前，一向谨言慎行的迪伦破天荒地逃课，乘火车去寻找父亲。或许在旁人眼中，迪伦做了件傻事，但于她自己，则是对长期被拘束的自我的突破，是用勇气去做第一件自己真正想做的事，将命运掌握在自己手里。

勇气的双向传递，也是灵魂双向摆渡的重要体现。

无论是摆渡人的命运，还是人类的生死，实际上都是建立在勇气的基础上的。在书中，迪伦和依莱扎——一位老妇人的对话，便体现出迪伦内心的挣扎和下定决心返回荒原救助崔斯坦的勇气。

一个人类女孩，竟能拥有这样大的勇气重返黑暗、重面困难，这样的勇气不只是在书中人物间传递着，更是传递给了读者。

在谈论完三件事和勇气之后，我们再着眼于书中两位主人公——迪伦和崔斯坦之间的情感。

我们曾产生疑惑：如果那个摆渡人不是崔斯坦，不是那个迪伦梦中少年的形象，那他们之间究竟会不会有爱情产生？这种在绝境中产生的爱情又是否是纯粹的？

再三品读思量后，我们其实没有纠结这些的必要。

爱情与依赖不存在先来后到，我们应该将这份感情看得纯粹一些。说到底迪伦就是一个单纯的少女，在最困难的时候爱上了那个保护着她的少年，仅此而已。在这种情境下，陪伴、依赖、相爱，就是这么简单，也就是这么纯粹。

以后再遇见任何人，都不会是你了。

而我们的一生，也像极了一片或几片荒原。荒原上有连绵不断的荒山、黑暗阴森的湖泊，在我们遇到困难想放弃的时候，我们的面前就仿佛是一座高山或一片深渊。走在人生路上的你，永远不知道下一秒会遇见谁，但一定会有一个人，或是几个人，蓦然闯入你的生命，在你最迷茫无助的时候，将你摆渡过汹涌的河流。而且冥冥之中，你亦会成为他人的摆渡人，陪伴他人度过最困难的时候。

这个世界对谁都不会太差，你等的人，迟早有一天会在你需要的时候出现。

在悬崖处绽放

　　2019 年 3 月 22 日中午，我校高一、高二年级筑真人文实验班的同学们，在筑真讲堂一层参与了本期的"筑真阅读"活动。本次活动的主题为"在悬崖处绽放"，由高二（2）班华昕鹏、高二（3）班张爽同学主持。共先后介绍了三部分内容——诗人张寒寺、萧红的作品《旷野的呼喊》以及《安徒生童话》。

诗人张寒寺，由高二（2）班陈孟犀同学介绍。张寒寺虽是一位"自我折磨的诗人"，却能让读者的灵魂得到安慰。同时，他的小说《不老苍穹》以书信形式叙事，构思新颖，引人入胜。

萧红，被誉为"20世纪30年代文学洛神"，她的作品《旷野的呼喊》由高二（1）班侯咏洁、闫梦迪两位同学介绍。这部书由一个个感人的小故事组成，震撼人心，激励着人们在苦难中顽强前行。

高二（3）班同学杨茜捷、贾凡以我们现在的眼光，带领大家回望《安徒生童话》中小美人鱼的故事。让我们在另一种视角中，从儿时的童话故事中，感悟爱的真谛。

介绍同学们细心的准备，精彩的演说让观众们受益匪浅。

酣睡的生命

在 2019 年 4 月 19 日的筑真阅读课上，我校高一、高二年级筑真人文实验班的同学们，在筑真讲堂一层一同参与了本期的"筑真阅读"活动。本期筑真阅读的主题为"酣睡的生命"，由高二（3）班陈博延、高二（1）班龚梓照两位同学共同主持，介绍了《罪与罚》《人间失格》和《孩子们的诗》三本书。

"我杀了一只可恶的、有害的虱子，一个放高利贷的老太婆，她对谁也没有益处，她吸穷人的血，杀了她可以赎回十桩罪，这算犯罪吗？"

第一张照片应该是他幼年时代，约莫十岁光景，身穿粗条纹和服，被众多女性簇拥着，站在庭园池畔旁，脑袋向左歪约三十度，难看地笑着。

《孩子们的诗》，精选了七十多首等3—13岁小朋友写的诗。小诗人们来自北京、上海、广东、江苏、山东、广西、福建、内蒙古、新疆等全国各个地方。从上万首诗作中脱颖而出，它们首先是好诗，其次才是孩子的诗。孩子，是天生的诗人。

他们简单的语言，能击中每个人心中都有的诗意，不论什么年龄的读者，都会被这些诗句感动。孩子们的这些诗表达自然而直接的情感，富有天马行空的想象力，不受格式束缚，真诚而灵动。

《罪与罚》，由高二（1）班侯佳莹、丁婉晨、韩羽真、张佳萌等四名同学一同为大家介绍。该书是19世纪俄国著名文学家费奥多尔·陀思妥耶夫斯基的代表作之一，同时也是一部浸透着血和泪的社会悲剧，一部酣畅淋漓地剖析一个罪犯内心世界的心理小说，一部举世公认的、震撼灵魂的世界文学名著。他们用舞台剧的表现形式来展示本书主人公的绝望与纠结，十分引人入胜。

　　高二（2）班的崔博宇、杨若心两位同学则为大家带来了作家太宰治笔下的《人间失格》。"世人，什么是世人？人类的复数吗？哪里有所谓世人的实体存在？其实所谓世人，不就是你吗？"伴着这掷地有声的呐喊，不禁让人们对生命肃然起敬。

　　横亘古今、蕴含五千年中华文化气息的诗永远是人类享之不尽的精神大餐，诗的言情明志，触动了少年青春里的荡漾情愫。少年情怀总是诗，在高二（3）班刘聪、赵威两位同学的介绍中，诗似乎又有了另一种韵味，让大家看到了学生对这个世界的所见所感。

　　主讲人们精心的介绍、生动的讲解，令同学们在增长知识的同时也有所感悟。清晨来临，让我们向酣睡的生命歌唱！

苦难与温情

2021 年 12 月 13 日，高一、高二筑真班同学进行了一次"筑真阅读"活动。此次阅读课的主题是"苦难与温情"，分享的书籍是高二（8）班推荐的两本书，一本是《许三观卖血记》；另一本是《解忧杂货店》。这两本书写作年代不同、作者不同，写作背景甚至国籍都不同的作品会有怎样的交集呢？那可能就是生命中的"苦难与温情"的交汇。

《许三观卖血记》

主讲人和编导张轩悦同学伴随着一阵热烈的掌声出场，《许三观卖血记》也拉开了序幕。这是一本余华写的小说。也许大家对余华的印象还停留在《活着》。可能大家不知，余华也写过一本"欢喜结局"的小

说，就是《许三观卖血记》。这本书讲的是一个穷苦的青年许三观，在一次偶然的机会下认识了卖血的阿方和根龙，于是，在李血头的帮助下，他开始了自己的卖血之旅。而他卖血的目的，有时是为了初恋情人，有时是为了招待客人，有时则是为了给自己的孩子一乐治病。在兜兜转转卖了10多次血后，许三观在社会的剥削下也变得苍老不堪。当他意识到他的血再也卖不出去的时候，他哭了……故事就这样戛然而止。

8班的同学用话剧的形式展现了人物跌宕起伏的人生。在他们精彩

的表演里，我们似乎看见了一个市井小人物，用尽自己的力量去面对这个社会给他的巨大压力。他在试图反抗，他在夹缝中生存，可是一次一次的变故又让他不得不被这个世界打倒。他，许三观，就是一个如此狡猾、盲目乐观，却又善良、热心的充满喜剧色彩的人物。在余华笔下，这个故事有悲哀、有酸楚、有讽刺，更有爱与温情。

《解忧杂货店》

第二本《解忧杂货店》，是日本著名作家东野圭吾的一本小说，其中一个个温暖人心的片段给每一位读者留下了深深的印象。这本书讲述的是在僻静街道旁的一家杂货店里发生的故事。只要写下烦恼投进店前卷帘门的投信口，第二天就会在店后的牛奶箱里得到回答：因男友身患绝症，女孩在爱情与梦想间徘徊；松冈克郎为了音乐梦想离家漂泊，却在现实中寸步难行；少年浩介面临家庭巨变，挣扎在亲情与未来的迷茫中……他们将困惑写成信投进杂货店，奇妙的事情随即不断发生。在旁白陈佳莹亲切的声音里，筑真班的同学用话剧的形式表演了书中的

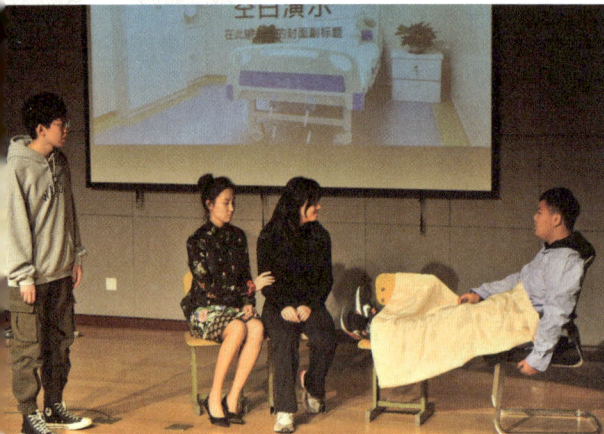

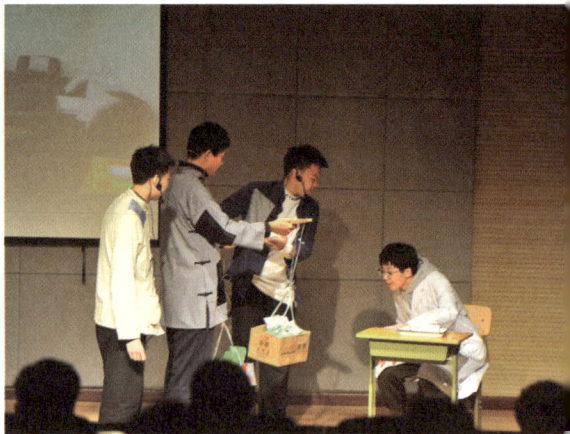

片段。

　　这个片段里的主人公是一位纠结在家庭和音乐中的年轻人。在寻求杂货铺的帮助后，他听从了自己的内心去追寻梦想。在一次意外中，他用生命的代价拯救了一个孩子，但是自己的人生价值通过孩子唱出的《重生》得以继续发光，也将自己对音乐的热忱传递了下去。马骏博组的同学们用精湛的表演将观众们带入故事中，为主人公欢喜，为主人公悲伤。

　　也许，人生的路上会有许多的障碍。也许，有时候你会动摇你一直以来坚信的那个目标。但是静下心来好好想一想，你所需要的究竟是什么？华而不实的外表，还是幸福充实的内在？生活的本质都隐藏在我们各自内心的深处。它不是不存在，而是等待一个契机，等你去慢慢地发现它。也许，你现在还没有发现，但总有一天，你会领悟到自己人生的真谛。

　　筑真阅读，带你领悟另外的人生。

《窝头会馆》

2021 年 12 月 2 日，由高一、高二年级共同参与筑真班阅读课，在筑真讲堂开展了本学期的第一次活动。本次的筑真阅读，由高二（8）班的同学们带来话剧《窝头会馆》的选段表演。该剧是北京人艺为庆祝新中国成立 60 周年所编排的，通过展现黑暗年代几户小老百姓的悲与欢、离与合、希望与绝望，引发人们对人性的善与恶、对社会集体性苦难的深刻思考。

第一幕由阎瑾、王一诺、李博涵、张晨、陈嘉宁同学参与表演。开篇两位妇女因一点小事拌起嘴来，恰好苑国忠回到窝头会馆里，劝架的同时催收房钱。苑国忠的儿子苑江淼体谅澡堂老板嫌弃他的痨病，体谅动荡时局房客们交不上房租，却不能体谅父亲为他朝大家要钱。"模范保长"肖启山带来了长长的一串征税单子，本来兜里就没几个子儿的人们更是被"马千差价"等捏造出来的捐税压得苦不堪言。纷乱不安的战争、压榨百姓的政府，中华民国在炮火中渐渐失去了"民"样儿……

第二幕由阎瑾、李博涵、张晨、陈嘉宁、吴逸轩、许子敬同学表演。开篇由许子敬同学扮演的肖鹏达和由陈嘉宁同学扮演的肖启山父子两人就争吵起来。肖鹏达欲拿上金条逃往台湾，肖启山试图阻止肖鹏达。喝醉的苑国忠加入了父子俩的争吵，并诉说了妻子和儿子的不幸经

历。在随后的争执中，苑国忠被肖鹏达击中。弥留之际，苑国忠与儿子、邻居告别。此时，远处传来北平解放的欢呼声……

这次阅读课，让参与演出的同学们深刻体会到了新中国成立前底层人民的生活，也让更多观看了此次演出的同学对话剧艺术产生了浓厚的兴趣。

在重大历史变革之中，身处底层的人会更深切地感受到自身的渺小和无力。但无论何时，无论外部世界如何纷扰，无论生活的苦难如何沉重，无论自身处境如何绝望，我们都要坚信一个个体生命是始终拥有自由意志的，任何时候我们都要对自身所做出的选择负责。在绝望中也要拥抱人性的善，是身为一个人对苦难最有力的反抗。

《雷雨》

2021 年 12 月 23 日，高一、高二筑真班的学生共同参加了本学期第二次筑真阅读课。本次筑真阅读课，高二（7）班的同学们带来话剧《雷雨》的选段表演。《雷雨》是曹禺先生的一部巨作，可以称其为中国话剧的里程碑，是"中国话剧现实主义的基石"。该剧描写了一个带有浓重封建色彩的资产阶级家庭的悲剧，表现了在不平等的社会里命运对人残忍的捉弄。

第一幕由郭可歆饰演繁漪，石天毅饰演周朴园，王心怡饰演四凤，张博忱饰演周萍，张楷饰演周冲，贾子扬饰演鲁贵。这一幕中周朴园对一手建立的家庭秩序感觉良好，可在这秩序背后妻儿们早有了反抗的苗头。

第四幕由成龙饰演周朴园，郭可歆饰演繁漪，张博忱饰演周萍，商梓岩饰演周冲，王心怡饰演鲁四凤，周可欣饰演鲁侍萍，蔡骐安饰演鲁大海，贾子扬饰演仆人。在最后一幕中，家庭的伦理，身世的秘密，人物间交错复杂的关系，最终在雷雨夜爆发，真相被一一揭开。

《雷雨》展现的是一幕人生大悲剧，沉重而复杂，让人叹息，令人压抑。种种悲剧，或原本性格导致，或生长环境促成，抑或命运残忍地捉弄。一个悲剧之后，又揭示出一个更大的悲剧。

筑真班的同学们，通过自己对名著的阅读、讨论、编排以及演出，加深了对文学作品内涵的理解，并通过自己的演绎使这些作品在所有同学心中留下了鲜活的印象。

第二部分 "四月天"

——筑真人文实验班游学课程

《论语·先进篇》中，孔子曾赞许曾皙"暮春者，春服既成，冠者五六人，童子六七人，浴乎沂，风乎舞雩，咏而归"的人生理想。人间四月，草长莺飞，惠风和煦，万物生长，是一年中最好的时节。于此之际带领学生走出四面围墙的教室，走进广阔无垠的山川，也许是最接近教育本质的课程。

我校筑真人文实验班的社会实践课程既包括将人文实验班支教活动与游历祖国名山大川有机结合的游学活动，也包括"走进大学""走进博物馆"等文化参与课程。这些游学课程，在带领学生体验文化、参观世界遗产、近距离接触游学城市文化底蕴的同时，将文学、历史、地理等多学科知识与游学活动相结合，在追溯历史、感受文化的综合实践活动中提高学生的人文品味，在活动中教学生学会合作，学会坚强，学会宽容，学会团结，学会友爱，成长为一个有品质、饱满的人。

2014 年筑真人文实验班四川仪陇支教班会活动

为心灵造一片天空

【班会主题】

星云瓶制作

【班会目的】

教会同学制作星云瓶，让同学明白色彩运用的奥妙

【参会班级】

四川省仪陇县马鞍镇朱德红军小学五年级六班

【具体程序】

一、主持环节

1. 主持人曹馨宁上台，做自我介绍。

2. 课程开始，介绍色彩运用方法。

二、制作环节

1. 把全班同学分为八个小组，每组八人，小组成员集中坐在一起，两两合作。

2. 开始制作星云瓶。

①分发材料，应相互礼让，不争抢。

②调配颜料，应充分发挥想象力。

③加入棉花，应细心、认真对待。

④封瓶塞，应耐心等待作品完成。

3. 帮助小朋友给自己的作品起名，展示并介绍。

三、升华总结

或许我们有时羞涩和语塞，或许我们有时不方便去一语道破，那么运用色彩吧，用这种无声无息的力量去表达自己。

【小结反思】

有了第一天金城中学的经

验，这次班会我们组完成得相当顺利与精彩。虽然相对于初中，这里条件更为艰苦些，但是在一张张萌萌的脸蛋面前，谁会在乎呢？小朋友的动手能力令我们为之惊叹，正是有了他们的高效率才使得最后的展示交流环节成为全场高潮。小朋友们为自己缤纷绚烂的瓶子起的名字围绕着梦想、博爱等正能量展开，当他们略带不好意思地说出口时，我们的心灵都为之一振。有些鸟儿的羽毛太美，它们是锁不住的，正如这山里的孩子，愿我们能成为他们追梦的动力。

　　这一次旅行，我们一行人闯入一个陌生世界。

——张艾琳

　　夏日的夜晚，我在灯前还总是想起那所山里的学校，那些孩子的热情，以及我远在他乡的表姐，我发觉我也想成为他们那样的人。

——田阳

探访天府之国

——行走四川人文课堂

2014 年 5 月 12 日

总主持人：2015 届 8 班　李紫祎

分主讲人：2015 届 8 班　李思嘉（历史总述）

2015 届 7 班　赵　佳（古蜀文化）

2015 届 7 班　蒋　涵（近代人物）

2015 届 8 班　杜诗晴（四川文学）

2015 届 8 班　李悦颖（四川地理）

2015 届 7 班　谢道平（四川美食）

四川的文学

2015 届 8 班　杜诗晴

四川盆地自古被称为"天府之国"，得天独厚的自然环境和颇具特色的巴蜀文化使这里从来都不缺文人骚客的到访。从名家名篇中，我们似乎总是能够看到她独特又美丽的身影。

"噫吁嚱，危乎高哉！蜀道之难，难于上青天！"在李白的《蜀道难》里，她的形象是险峻的，让人不禁"扪参历井仰胁息，以手抚膺坐长叹"。"君问归期未有期，巴山夜雨涨秋池。何当共剪西窗烛，却话巴山夜雨时。"在李商隐的《夜雨寄北》里，她又有了几分清冷，映衬着诗人对远方故人的思念。在白居易的《长恨歌》里，她是那份"此恨绵绵无绝期"的爱恋的见证人。"蜀江水碧蜀山青，圣主朝朝暮暮情。"曾经创造大唐盛世的帝王迎着这里的山水，思念着自己逝去的爱人，更为这片山水染上了清丽绵长的哀婉。

四川在文学作品中的形象总是多变的，但却让人印象深刻，不禁使人心生向往。

这片山水或许对许多文人来说，不过人生旅途上的一道短暂而又美丽的风景。但对于有些人来说，她寄寓着最美好的青春年华，滋润着如初升太阳般蓬勃升起的才情；她或许也是人垂垂老矣夕阳西下、颠沛流离时的暂居之所。这些人，是司马相如，是李白，是苏轼，是杜甫。

一方水土养一方人，生长的环境对人的影响之大是不可估量的。四川文化古时经常被人称为蜀文化，多与重庆文化即巴文化合称为巴蜀文化。巴蜀离古时中原有一段距离，又有高峻险要的地势阻挡，形成了自己独特的文化。巴蜀盆地拥有一种古老的巫祝文化，远离传统中华文明的核心区域，所以有着原始的野性和独立意识。巫祝文化带来了众多神话传说，具有夸张的特性；同时，道教文化创立在巴蜀，此地自然受到很强的道教文化影响，众所周知，与儒家文化不同，道家文化倡导自由奔放的心灵以及崇尚自然、追求和谐之美，它与巫祝文化的结合，势必带给生活在这里的人以浪漫的情怀、丰富的想象力，以及那超凡脱俗的自然心性。

作为被这片山水养育的人，司马相如或许因与我们的时代相隔遥远，我们很难欣赏《上林赋》《子虚赋》的壮丽华美，但他的名字一次又一次作为被憧憬的形象出现在后世大家的文学作品中，足以证明他的才情受到世人广泛认可。苏轼相比于司马相如是我们更加熟悉的文学大家，在北宋词坛一片婉约清丽的海洋中，一句"大江东去浪淘尽，千古风流人物"掀起滔天巨浪，自此豪放派成为宋词中与婉约派并立的一大流派，苏轼的这份勇于突破的气概，是否又与他成长的地方相关呢？

我们所熟知的一代诗仙李白也成长在四川，从开始懂事的时候起李白就呼吸着这青山绿水的芬芳。他的诗"清水出芙蓉，天然去雕饰"，这种清新自然、不事雕琢的美，应当说就是这蜀江的水碧山青的自然风光熏陶出来的。他的浪漫飘逸与令人惊叹的想象力，自有天赋使然，但也不能否认巴蜀文化对其的影响。或多或少因为这份影响，李白作出了类如"君不见黄河之水天上来，奔流到海不复回"的千古名句。李白曾在《渡荆门送别》中这样写道："渡远荆门外，来从楚国游。山随平野尽，江入大荒流。月下飞天镜，云生结海楼。仍怜故乡水，万里送行舟。"一句"仍怜故乡水"道出了游子的思念。潇洒如李白也从来都没有忘却过他成长的地方，他对自己的故乡——四川的感情是从不掩饰

的，在《宣城见杜鹃花》中写道："蜀国曾闻子规鸟，宣城还见杜鹃花。一叫一回肠一断，三春三月忆三巴。"时时刻刻都记挂那个他成长的地方，这是否多多少少体现了四川这个地方独有的魅力呢？

可能有人会发现我没有按照时间顺序说这些文人，我之所以把李白放得靠后，是因为一说起李白，人们总是会不自觉地想起另外一个唐朝著名诗人——"诗圣"杜甫。我们此行也将会去杜甫草堂，这个人物也要好好说一说。

杜甫的诗沉郁顿挫，较之李白的清逸洒脱，杜甫的诗似乎更为沉重，忧国忧民。两人如此不同，原因一是天赋性情所致，二是一人活在大唐盛世，一人见证大唐衰败。为逃避安史之乱，杜甫不得不背井离乡，逃往四川躲避战乱。有人说，没有杜甫在四川的流离生活，就不会有那样复杂而丰富的杜甫。杜甫一生有 1400 多首诗，其中有 800 多首写于四川。其中极具研究价值的《秋兴八首》便作于四川："夔府

孤城落日斜，每依北斗望京华。听猿实下三声泪，奉使虚随八月槎。"
远离中原的杜甫依旧想着战乱的长安，四川在杜甫的诗中不免有些凄
楚的意味，但让人庆幸的是，这片山水也曾给予这位心怀苍生、颠沛
流离的老者以慰藉。

> 好雨知时节，当春乃发生。
> 随风潜入夜，润物细无声。
> 野径云俱黑，江船火独明。
> 晓看红湿处，花重锦官城。

　　《春夜喜雨》中的杜甫是快乐而安逸的，这位心怀天下的诗人似乎
得到了一些放松，让人不免也替他欣喜。这里的四川是一个温柔的地
方。后来杜甫离开了四川，但我想，在四川的生活已经深深印在了杜甫

的心里。

　　李白和杜甫，本就常被世人拿来比较，一个人在少年意气风发之时，另一个人在暮年颠沛流离之际，竟然都曾在同一个地方居住过很长时间，而在李白身上生出了超脱的道家思想，杜甫却成为忧国忧民的儒家典范，实在是一件很有趣的事情。

　　这次四川之行将前往道教文化圣地青城山，我们或许也能感受到一些文人墨客体会过的出尘洒脱。我们会去杜甫草堂，看一看杜甫曾经生活的地方，与千年前的诗人来一次心灵的交汇，感受缠绵在四川山水间的千年文化余韵。

游贵州，说相遇

2016 届 7 班　张翔宇

公路旁，阡陌间，一位苗族阿婆挑着担子走在田间小路上。阿婆走路一摇一晃，身上的担子也跟着一起一伏。四周无一人，只有田中绿油油的庄稼和几间房子、几缕炊烟……她就这样走着，走着……坐在大巴上匆匆而过，美好的画面，定格在阿婆的背影，用眼睛揿下快门，在心中名为"相遇"的相簿中留下一张照片，然后，印在脑海中，挥之不去。

这条路的终点，是江西千户苗寨，那里的景色比路边的"野景"完善得多，更适合旅行，更适合观光。可我固执地认为，比起人工的美景，自然的"野景"，吸引我更多。那位偶遇的普通阿婆，比起苗寨里盛装打扮的苗家姑娘，美丽得更多。

这是我在贵州大地上的第一次相遇，遇到了自然的景，自然的人。

微雨，古镇。走在有些湿滑的石板路上，感觉似乎来到了江南的小巷，静谧，动人。"来，进来看看，现做现卖……"路旁的一声叫卖一下把我拉回到现实里，拉回到西南的古镇中。躲过嘈杂，拐个弯钻进了一条巷子，没有商铺，没有吆喝。巷边石块垒成的凹凸不平的石墙，视线越过墙头，是一丛丛滴着水滴的绿植，以及偶尔一扇带着岁月痕迹

第二部分 「四月天」

的古朴的木门……似乎穿越到戴望舒的雨巷，偶遇了那位丁香般的姑娘，着一袭白衣，撑着油纸伞，从我身旁走过，彳亍着，又静默地远了，然后，消失在远处的篱墙……这次，没有格格不入的画外音将我拉走，于是，我任性地沉浸在这微醺的第二次相遇中，久久不愿离去。

　　雨季，校园。撑着伞茫然地走进陌生的校园，接受着同学们好奇的眼光注视。走进班中，在一阵热烈的掌声中，开始了我的第三次相遇。"听说我们之间的距离有两千公里……"我们的相遇以此为开端，两千公里，好大的数字，好远的距离，可那又怎样，我们还是跨越了大半个中国，不远万里到息烽遇到了你们。一封信的简单初识，一朵玫瑰的害羞示好，我们小心翼翼地了解着彼此，又放心大胆地敞开心扉。我们聊着，笑着，互相介绍着自己，互相了解着对方，互相撑着伞走过操

　　场，互相约定着一定会再见……贵州那么大，息烽一中那么大，我们
能相遇，是缘分，也是一份幸福，一份自始至终的幸福，一份延续至今
的幸福。比如，现在的我正在北京回忆着这份相遇时，恰好收到了来自
贵州的你的问候……

　　天知道从我们出生起会遇到多少人，多少事，可这大大小小数不
清的相遇留给我们的，却不大相同，有的长久，可转瞬便已忘记，只轻
轻在你内心表面撩起一阵清波，伴着一圈圈的涟漪最终消失。有的短
暂，却令人铭记一生，它们像沉入水底的石块，能直击你的内心深处，
永远静静地待在我们的心底，虽时过境迁，它们就安静地在那里，不会
消失。这次旅行中的相遇，显然属于后者，虽然遇到的景，遇到的人，
相处时间都很短暂，可他们让我愿意把他们放在心里专属的位置上，不

舍得取走，日后细品那份相遇的美好。一次萍水相逢，却希望和他们交之莫逆。

　　这次旅行，放下相机，用心去感受，所以多了这几次珍贵的相遇、游贵州，是一次心的旅行，一次相遇的旅行。

游贵州说实践

2016 届 7 班　吴诗祺

　　"读万卷书，行万里路"就是告诉人们要多读书、多出去看看世界。说实话我一直对这句话没有什么太大的实感。然而这次去贵州的旅行却让我认识到行万里路就是读万卷书的实践过程。

　　初到贵州的那个晚上，细雨绵绵，温湿的空气扑面而来。我们刚从机场出来，不得不纷纷撑起伞，踏入水潭中。在大巴车上看着玻璃窗

上汇集起来的雨水滑下的痕迹，不禁对比起北京那干燥炎热的天气来，默默在心里感叹气候的差异。贵州属于亚热带季风气候，而在这个季节正是准静止锋停留在贵州的时间，"天无三日晴"，每天阴雨不断。出门不敢不带伞，这也是后来的几天里我们充分感受到的。

乘坐大巴车驶向景区的这段时间难免是无聊的，窗外那异于北京的山区风景就成了我消磨时光的对象。行驶在高速路上看着车外的风景，我总担心一件事——突发山体滑坡，然后我们就悲剧了。虽然我这样的想法确实有些悲观，但也不是毫无理由的。不知为何，贵州高速路边总会突然隆起一个小山包，靠近路的这一侧像是被切了一刀的陡坡，从下开过去老觉得山包上会突然滚下来几块石头。就像导游和老师说的那样，贵州地处云贵高原的斜坡上，"地无三里平"，山地丘

陵广布，即使是在城市里也少有人骑自行车而是骑电动摩托车。所以要在这样崎岖的山路上开辟出一条平整的马路必定是盘山而建，免不了从山包下过去。贵州属于我国地质灾害频发的新西南地区，滑坡、泥石流等灾害高发，所以稳固山体的措施很重要。因为担心发生那样悲剧的事情，我特意注意了一下大巴车路过的山坡，很庆幸基本上那些陡坡上都有一定的措施加以保护。有的用铁丝网兜住整个坡面，有的用黑色的密密的网盖在裸露的山体上，有的用石头格子分隔开斜坡上的土块，甚至在一些有植被覆盖的区域都能隐约看见网铺在地上。虽然这一路我都在担心这么细的网能起到什么作用，但好在安然无恙。

　　这一趟贵州行让我发现了贵州很多与北京不同的地方，归根到底都是由它的区域特征造就的。在车上地理老师给我们讲了贵州的特点，我突然觉得书上的图片好像近在咫尺触手可及，那些被我们念"烂"了的专业名词好像有了一些真切。所谓"实践出真知"，我们千里迢迢来到贵州，千里之外的景象和头脑中的知识产生了共鸣，行的万里路的实践正好增强了我们对读的万卷书的认识，倒也是蛮有意思的。

国之殇

2017 届 7 班　刘孟筠

"国殇"一词来自于战国时期楚国伟大爱国诗人屈原的《九歌·国殇》。是追悼楚国阵亡士卒的挽诗。李根源先生取用《楚辞》"国殇"之篇名，将滇西抗战期间中国远征军第二十集团军腾冲收复战阵亡将士的纪念陵园题为"国殇墓园"。"国"便是国家之意。"殇"指幼年夭折或为国战死者。国殇墓园中埋葬将士的平均年龄只有二十多岁，年纪最小的只有十二三岁。为纪念这些为国牺牲的年轻将士，而将墓园命名为"国殇墓园"。

国殇墓园的入口矗立了一堵远征军牺牲将士的名录墙，全长有 133 米、蜿蜒曲折，墙上密密麻麻刻满了在战争中牺牲的 103141 名中国远征军将士、盟军将士、参战伤亡民众和地方单位人员的姓名，每年还源源不断地有新的名字被补刻进去。在墙上，有些名字是用方块代替的，因为时间太久远了，已经没有人知道他们叫什么了。然而就是这些已没有人记清他们姓名的人将热血洒在了自己甘愿为之献身的国土上。有的人死了轻于鸿毛，有的人死了重于泰山。这 10 万多英灵在我心里就是一座无比崇高不可逾越的高山。

进入墓园心情很沉重，道路两旁松柏森森碧草萋萋，前方是 10 万多英灵长眠的烈士冢，矗立成一座山，看着整座小山上密密麻麻的都是

墓碑，已经说不出是什么心情了，思绪也像房子倒塌后零乱堆叠的碎砖头。

腾冲之战被称为"中国战争史上最惨烈的战争之一"。关于这场战争，军方和老百姓的描述各有不同。老百姓说："仗打完了，城里没有一片树叶是完整的，每片树叶上至少有两个弹孔，没有一间房屋是不被夷为平地的。"而《远征军会战概要》的叙述则是这样的："攻城之战，尺寸必争，处处激战，我敌肉搏，山川震眩，声动江河，势如雷电，尸填街巷，血满城垣。"在中国军人用意志和血肉筑成的攻势下，战争的第五十一天后，中国军人用一寸山河一寸血的方式，终于将边城收复，腾冲成为抗战以来中国收复的第一座城市。

墓园甬道两旁的草坪上有很多铜像。有滇西各族人民用血肉修建滇缅公路的场景复原铜像；有88岁高龄的寸大进先生眼看国土沦陷，却无力报国含恨绝食而亡、双目不暝的铜像；有饿死不吃军粮的老妇人的铜像。当我看到一个小孩的铜像时，再也忍不住泪水，对着那个小孩子满是自豪、骄傲，但却稚嫩的脸庞失声恸哭。这是一个十二三岁的娃娃兵，比我还小上两三岁，就已背着比他还高的枪杆子上了战场。此时我才明白"国殇"的真正含义。

走出墓园，我的心情久久不能平复。我不知道自己的心情究竟是怎样的。是伤心、委屈、憋闷，还是感动、激愤、悲壮。可就是这样一种说不出的心情像石头一样压在我的心头，让我喘不过气来。

回头再望那曲折蜿蜒、一眼看不到头的名录墙。我明白，对我而言，这是一次今生今世绝不允许错过的凭吊。转过身，正立站好。我向那名录墙，充满敬畏地鞠了一躬。

游腾冲，谈你们与我们

2017 届 8 班　谢文暄

　　如梦般的五天，从起飞到降落，一切美得不真实。直到第一缕毫无修饰的阳光从蔚蓝天空直投到我的脸上，第一筷饵丝咬入口中，拉着、笑着照了合影，我才从恍惚中回过神来——我到腾冲了，我们一起。

　　重头戏当然是在益群中学交流。校门口横幅欢迎我们的到来竟这般隆重。一进教室，我被同学们的眼神触动：这是一种我从未见过的

光，带着专注、期待和淡淡敬畏的光。班会在《明天，你好》中拉开帷幕，熟悉的旋律，青春的歌声，同龄人的笑脸，不知为何，我竟感动得差点落泪，第一次感到身处两地的我们心能

那么近。早就听说这里的学生每天晚上 11 点半才放学，原以为学生看起来会很颓废。结果一进门就被凝聚在一起的 60 个人的洪亮歌声震惊，我有多久没听过如此大声的校歌合唱了？总说班里人多环境差，可 60 人聚在一起的温馨与力量只有他们懂得。

腾冲孩子们的爱国情怀同样让我感动。介绍学校时，与我们主要讲的校园设施和丰富活动不同，抗战史成了"这部分一定要好好讲讲的"。驼峰航线的死伤无数，穿越野人山的惨烈，益群中学从一次次被攻占到最终恢复教学，在经济落后的情况下一步步重建。我明白了对腾冲来说，一切都来之不易，因此，他们格外珍惜。

到了交流环节，我本以为会是轻松的聊天时间，但他们却全部指向了学习："有什么好的学习方法？""有没有推荐的文科专业？"表情有些害羞，从语气中能清楚地捕捉到来自心底的自卑。我看着他们桌子上高高堆起的书和一个个渴求的眼神，再想到北京和腾冲两种截然不同的学习与社会经济环境，一时不知如何开口。他们在"坐 10 个小时车才能到省城"的偏僻环境中长大，在听到会计、金融等热门专业时，大多数人眼中闪过的竟是茫然。我有些不安了，高考对他们来说究竟意味

着什么？是打开命运这扇大门的唯一钥匙吗？可门槛太高，纵然钥匙在手，跨出去后能昂首向前的有几个？因此，一旦有机会跨出，便几乎没人想回来，给这片故土留下静默与痛苦。庆幸，他们在努力，没有被重担压垮。我又看到了光。

我有细想过到益群中学交流的意义：或许是思想与文化的碰撞，跨越一条原本从未有机会到达的心的界限，真正了解两千多公里外同龄人的不同生活。在我们原有世界中又开了一扇窗，让更多的阳光照进来了，让人更开阔，更谦虚。或许这也正是旅行的意义。

腾冲的美还因为有我们。在客栈的那三天，早上伴着鸟叫和你们路过的脚步声醒来，下楼围坐一桌吃饵丝和破酥包子；晚上一起玩"杀人游戏"，穿着睡衣在露台上数星星、找北斗七星，再伴着不时传来的熟悉的笑声和聊天声渐入梦乡。一个客栈，不大不小，只有我们。我懂了隔音效果不好的温馨，也明白了旧时平房院子邻里间才有的温情。第四天住到了酒店，是安静了，但再也感受不到我们一起特有的气息与笑语欢歌。

坐一架飞机，四次同起同落；乘一条船游北海湿地；登山时并排唱着最爱的歌；一起摆造型自拍，愿时光永停留在那一刻……

全班一起出游的机会或许仅此一回。腾冲，这个原来只存在于书本中的"人口地理界线"的模糊符号已染上不一样的色彩。这五天触动太多，不仅来自风景，更来自你们与我们：益群中学与高二（8）班。在17岁的最美季节里，留下浓墨重彩的一笔，必将令我终生难忘。

纯粹云南

2017 届 7 班　刘婧思

这次云南腾冲之行，有太多的东西印在我的脑海里经久不忘，但最触动我的，是纯粹，是不加渲染的自然。

风景自然

这里的一切都美得让我窒息。不论是火山的独特自然风光，还是森林公园的山林景致，抑或是叠水河瀑布阵阵水声，都让我有不同的感受。还记得那天去北海湿地，正好赶上了阴天，隔着灰蓝色的云层，在略薄的地方透着耀眼的金色光芒，阳光隐约可见。那时几个人乘着一叶小船，有说有笑，突然感觉脸上有几滴湿润，哦，下雨了。真的很享受这样的雨。看着经过的水面被稀稀落落的雨溅起了点点涟漪，又马上复

归平静，似乎阵阵清风把这画面带到了我心里，感觉整个人也静了。踏上岸的一瞬间，雨刹然停止，转过身抬头望向天际，太阳撕裂云层洒下一片明亮，我不禁眯了眯眼，稍稍低头。这才发现，宽阔的水面上如此清晰地倒映着天上的云和光，我感到一阵眩晕，一时竟分不清在地上还是在云里。

图片集

和顺古镇

人自然

说起腾冲的人们，也许接触得最多最深入的就是益群中学的同学们了。在讲课后的自由讨论环节，所有人在给我们讲述他们的故事时脸上都洋溢着微笑，一双双渴望的眼睛望着我们，向我们询问北京的生活。甚至后来还唱起了歌，整个课堂都被欢笑声充满。最后离开教室经过外面的过道时，发现前方被阳光打在地上的影子似乎在剧烈摇晃，下意识猛地一抬头，发现在二楼的窗户边上站着一排学生，都一手扒着栏杆一手热切地向我们打着招呼，愣了一下，赶紧向他们挥了挥手，他们的嘴角便立即扬起了弧度。

生活自然

住在和顺古镇里，闲暇时光可以走街串巷。踏过一条条不同的街，经过一个个不同的店，看到的是相同的闲适的情调和自由的生活。坐在巷口小藤凳上卖松花糕的爷爷有一句没一句地吆喝着，一群鸭子飞着跑着从岸边下到水里，玫瑰店门口的银色的铃铛也被风吹得叮当作响。那天快到傍晚，路过一家亮着橘红灯的小店，店门前坐着一位老婆婆，她正在一针一线地织着什么，夕阳星星点点的余光照在她的面颊上，整个人好像有着柔和的光亮。见我们走近，她轻轻笑了笑，"来看看？"在她的眼里我只看到了纯净。后来，我们各自搬了一把小椅子，坐在她身边，听她讲手里织物的做法……

我的有些记忆的确只在照片里才能一一拾起，但还有某些不能拍下来的更重要的东西。那就是在这短短五天里听到的，以及需要用心去体会的感受，没有嘈杂和污浊，唯有纯粹的美好。

对话远方

——敦煌中学交流汇报

2019 届筑真人文实验班

在此次游学活动中，访问敦煌中学是一个特殊而十分有意义的部分。通过前期的多方面准备，访问当天的所见所闻所感，以及后续的交流总结和回忆，我们收获了太多：一次有趣难忘的经历，对西北文化更深的认识，一份遥远而可贵的友谊，以及种种细微的体会。

游学准备阶段，我们最花心思的就是友校访问这件事，即使它只是一个占据小半天的活动。我们好奇，也紧张——好奇地想知道远方西北的高中是什么样子的，却也深知自己带着展现北京形象的使命。我们有许多问题想问他们：你们在学校都学习什么？你们会经常去沙漠里玩吗？关于北京，你们都知道什么呢？诸如此类的许多问题，我们都列在了单子上，希望在访问交流的时候，能一一获得解答。我们还准备了小礼物——一些来自"故宫文创"的精致书签，两大包北京小食糖果。在饱览敦煌中学风采的同时，我们也希望能把北京的风土人情带给他们。

访问敦煌中学的那一天，我们中午在酒店好好整顿了一下，然后带上准备的礼物，坐上大巴车出发了。虽然听说敦煌中学面积很大，但到了校门口，还是感慨于广场的气派和宽广。一百多个敦煌中学的同学站成方队在门口等候着我们的到来。相互介绍和寒暄之后，我们就分成小组由他们一对一带领着走进了校园。

接待我们组的是体育系的学生，这使我们发现了敦煌学校和北京学校的第一个不同。我们惊讶于他们的高中里居然分出了体育系和艺术系，不过随着参观，我们羡慕起了这所专业丰富的学校。走廊里随处可见艺术生的书法绘画作品，不仅多，而且每幅都很值得欣赏。可能是因为有体育生，他们的操场大得难以想象，有八个篮球场。我们还专门参观了美术生的画室。那是一间很大的教室，墙壁上挂满了画，各种画法画派都有，十分震撼。细看每件作品也都是可圈可点的，放在一起比名画展还要精彩。在北京，艺术学校和体校是单分出来的，这保证了更优质、更专业的教育；而在敦煌中学，虽然是因为只有一所学校，而把艺术生、体育生都放在了一起，却能让整个学校的艺术体育气息更加浓厚！想来二者真是各有千秋。

我们与接待的敦煌朋友一路走一路聊。他们热情又健谈，不仅把我们之前准备的问题统统回答，还讲起了他们生活的方方面面。到主操场时，我一抬眼竟发现鸣沙山就在操场后面，离得那样近，一时有些看呆了。带我参观的那位朋友很得意地笑了，问我去了鸣沙山没有，还说他们周末经常去滑沙、骑骆驼。第一次见到沙漠的我的确惊羡不已，又问了他许多关于沙漠的事情。说起鸣沙山、莫高窟、玉门关、雅丹地质公园，他们的自豪溢于言表，我们好奇地发问和倾听更是让他们滔滔不绝起来。想起这些我们颇为感慨——敦煌作为城市，虽并不能算很发达，但它所拥有的文化财富，却是真正独一无二的。敦煌的人讲起敦煌的那些遗址文物，简直是如数家珍。我们真切地体会到，一个地方的文化财富能带给那里的人多大的自豪感和热爱。于敦煌是如此，于北京也是一样，说起我们中国，更是这样——敦煌人自豪于莫高窟，北京人

第二部分 『四月天』

骄傲于紫禁城，而我们所有人，也共同热爱着万里长城啊。

后来，我们又欣赏了敦煌舞表演。几十个人列队站在操场上，穿着校服，开场俨然一副"全国中学生广播体操"的感觉……然而音乐鼓点缓缓奏起，他们跳起了柔和的舞蹈，一种无形的古典美感如仙雾般升腾于他们之间。随着音乐渐强，他们的动作也越发灵动，却仍是柔和的动作，像是某种娓娓道来的语言，又像是壁画中活了的飞天。此时没人再注意他们是在操场上烈阳下，倒是恰好和鸣沙山并着肩，也仿佛是穿着冒仙气的丝绸衣裙了。舞蹈着实叫人叹为观止，我们带来的节目也毫不逊色：一位学姐对红楼角色有独特解读；另一位学姐对汉服文化侃侃而谈，不仅介绍了有关汉服的基本知识，更分享了她与汉服间动人的故事；还有压轴戏，戏剧社的经典作品《有雷无雨》的片段。敦煌舞之美震撼人心，我们的三场节目则是丰富而深刻，两校的朋友们都看得很起劲，一时间互相称赞起来，还掺杂着一些玩笑的自夸，俨然是打成一片了。

访问短暂而愉快，我们与他们匆匆告别之时，互赠了礼物，留下了联系方式。这次交流活动使我们收获颇丰，不仅可以长见识，更是一次深度的文化体验，在文化的碰撞当中，认识对方，重识自己。后来每逢周末，我们的敦煌友人还会不时发来风景照，给我们看他们碧蓝的天空和湖水、广阔无垠的戈壁滩；我们也"毫不示弱"地拍下王府井华美的都市夜景，抑或是古朴安宁的胡同小街发给他们。我们与他们，慢慢认识着对方的城市，把自己的城市介绍给对方，与此同时，也越来越热爱自己的家乡。交流，不仅是为了了解对方，也是为了更多地认识到自己所拥有的。

一个下午的时间，很短，却使我们从这次交流活动中收获了很多。小小的一瓶矿泉水，并不标准的普通话，或是一个理解的微笑，都包含着敦煌同学的真诚与热忱。校服上的飞天图案，是艺术文化的印记；校服背后有"强者无弱项"的话语，是自我的认可与勉励。敦，大也；煌，盛也，校园中的每个角落，都流露着敦煌本地古朴而悠久的历史文化气息，表现着当地的人文精神。敦煌，原本一个只在书本上见过的模糊的词语，现在却变得清晰起来，它的一笔一画，都是由当地的历史文化书写而成的。对话远方，是思想的碰撞，是文化的交融。敦煌，远方，离我们不再遥远。

坚守在莫高窟的那些人

——由古今敦煌工作者看莫高窟的保护与发展

课题领域：社会人文

指导老师：刘娟

学生姓名：杨慧怡（2019 届 9 班）

研究方法：调查访问、观察记录、资料查询

研究过程自我评价

投身敦煌文明前线的工作者们着实令我触动，在最开始整理研究总结时我始终将思维圈在偏感性的角度，因此迟迟不知如何理性地成文叙述研究成果，刘娟老师循循善诱，帮助我打开思路，将敦煌工作者与敦煌古今的传承与发展相链接，并且帮助我整理思路，使我的研究方向越发清晰。在这次研究学习中，我不仅更加了解了敦煌工作者们的贡献和敦煌文明得以发展的原因，而且发散性的思维能力和总结梳理能力也得到了很大的提升。

内容摘要：本文论述了莫高窟古今工作者对莫高窟保护与发展的重大作用，以及莫高窟得以呈现今日面貌与研究员们密不可分的联系。一代又一代的莫高窟工作者，历经岁月的磨砺和洗礼，用他们的智慧和青春，孕育出了莫高窟精神：坚守大漠、勇于担当、甘于奉献、开拓进取。他们倾其所有、尽其所能，对莫高窟进行保护修缮、传承发扬，使

莫高窟文明越发辉煌，其中"数字敦煌"让莫高窟壁画、雕塑以及遗书得以长久流传于世，也吸引越来越多的人了解、熟悉并像这些工作者们一样由衷地热爱上敦煌莫高窟。是莫高窟，造就了这些兢兢业业、满腔热血的"莫高人"；再想来，没有这些"莫高人"，便也没有如今的莫高窟：人与传统文化的紧密相连，在莫高窟这片土地上被演绎得淋漓尽致。

关键词：莫高窟；工作者；保护；发展

（一）开启

　　"开启"，说得是对莫高窟保护事业的开启：在那个兵荒马乱的年代，王圆箓道士凭借着自己心底对佛法的无上尊崇，只身来到莫高窟。他跪在大佛殿前发愿清除积沙、修葺洞窟、干一番中兴莫高窟的大事业。自此之后，他孑然一身，日复一日地做着清除积沙、刷新壁画、修复栈道、绿化莫高等看似枯燥的工作，但他却甘之如饴。且不论他使莫高窟文物外流，他也是莫高窟保护发扬工作的开启者。于此，我想为王道士说一句。我作为后人，反观历史，当王圆箓反复请政府重视莫高窟无果时，当他急需资金支持莫高窟复兴工作时，当外来者将掠夺文物说得那般"有理有据"时，我也并不能想到有什么更好的办法可以阻止文物的流失。而这样的一个"好心做了错事""功大于过"的开启者，却背上了一世"卖国贼"的骂名。在那样一个几乎人人只求自保的社会，王圆箓为莫高窟保护工作奔走的一桩桩一件件，竟也渐渐被历史的车轮覆盖掩埋了。

（二）奠基

"几年的艰苦岁月，这些洞窟中留下了我们辛勤的汗水，而这些艺术珍品也在艰苦环境中给了我们欢乐和欣慰。我思前想后，我决不离开，不管任何艰难险阻，我与敦煌艺术终生相伴！

我不是佛教徒，不相信'转生'，如果真的再一次重新来到这个世界，我将还是'常书鸿'，我要去完成那些尚未完成的工作。"

这样一段豪情壮志的誓言来自敦煌研究院的第一任院长——常书鸿之口，他是自王道士后第一批赶往莫高进行保护、修缮以及发扬的先驱人物之一，素被世人称为"敦煌的守护神"。那时的敦煌远不及现在，由常书鸿带领的这样一批人，沿古代丝绸之路，不畏西北风夹杂着风沙的抽打，不畏人烟稀少、骆驼刺丛生的茫茫荒漠，长途跋涉奔赴千年遗产——莫高窟。在那里，他们建围墙、修栈道，更主要的是对莫高窟清理修复和临摹，没有足够的政策和资金支持，他们的工作量之大、工作难度之艰可以想见。最终他们突破了重重阻难建立了敦煌研究院，由常书鸿先生担任院长。我想，在半个世纪以前，是常书鸿及其带领的无数前辈，为敦煌的保护及发展奠定了坚实的基础。敦煌文明由此走上康庄大道，有越来越多的年轻血液因着内心对民族文化的热爱对敦煌文明燃起浓厚兴趣，从而投身到莫高窟的发展工作中来。

（三）巩固和发扬

讲到莫高窟保护发展事业的巩固和发扬，有这样一位女性，是不得不提的。从青春岁月到古稀之年，她在这里已经生活了超过 50 年，76 岁高龄的她全今依然工作在保护敦煌洞窟艺术的第一线。她是樊锦诗，是敦煌研究院的第三任院长。她对莫高窟文明发展的巨大贡献主要在于"数字敦煌"的开发，采用现代数字技术的手段获得影像档案资料，加之莫高窟数字展示中心的建设，不仅使敦煌文明得到进一步发扬，使人们先对洞窟有了解再实地参观增强理解和感知，并且也减少了进入洞窟的客流量，减轻了对文物的损害。

除了莫高窟的研究者，现在的基层工作者也对莫高窟做出了不容小觑的贡献，研究者钻研莫高窟壁画、雕塑与遗书的内涵和联系，再经由景区讲解员之口传播给世人。工作者们的合理配置，使古老的莫高窟文化在现代闻名世界，得到了更为广泛的发扬。

在游览莫高窟时，我与景点的讲解员有了以下谈话：

"您在这里工作多久了？"

"有 7 年了，今年是第 8 年。"

"为什么现在（敦煌五月的天气尤其是正午均在 35℃—37℃）已经这么热了，你们还统一穿着风衣和长裤？"

"你有没有感觉到，尽管窟外艳阳高照，进了洞窟也会觉得阴冷，

我们在这里工作每天要在温差很大的窟内窟外来回走，普遍都有风湿病。还有就是光线反差也很大，所以我们都会在外面戴上墨镜，进洞窟再摘掉，不然眼睛也会很难受，这算是职业病吧。"

看着眼前的讲解员姐姐，大概是敦煌的自然环境将她的皮肤打磨得很粗糙，我实在无法估计她的年龄，或许二十来岁也或许是三十几岁，别无二般的是，七年对于她来说就是整个青春。但无论是讲解还是和我的对话，她的语气都显得异常云淡风轻，讲解词叙述得熟稔而严谨，却又饱含热情，面对我惊诧的神情，她更是淡然道出："其实更多投身敦煌研究的工作者不光把自己的青春献给了莫高窟，很多前辈的一生甚至都奉献给了这里，与他们相比，我对莫高的贡献却只算得上毫毛了。"我沉默了，不由得对投身在莫高窟前线的工作者们更加肃然起敬，莫高窟得以保存、维护，甚至是传承和发扬，无论是研究人员还是基层工作者，他们每一个人的每一份贡献都值得赞扬。

经讲解员姐姐之口，我得知，为了分散客流，莫高窟会有不同的讲解员带领游览不同的洞窟，一个老爷爷曾数次来访，只为了每次多看一两个窟室，而后研究员也被老爷爷对莫高窟的执着追求所打动，于是带领他一次性参观了所有开放的洞窟。我想这大概是敦煌工作者们一直以来所追求的——让更多人关注莫高窟文明，对这一中华文化产生热爱和共鸣。老爷爷的事情虽是个例，但也体现出有越来越多的人开始关注莫高窟，怀揣对古老文明的敬意和热爱，这无疑是敦煌工作者们日复一日年复一年投身于莫高窟发展努力工作的结果，也正是莫高窟文明得以发扬的体现。

想见未来，莫高窟文明的保护和发展，依然任重道远，文物终究会被时间打磨直到化为尘埃，人文环境和自然环境的恶劣程度更是加剧了文物的老化变质。为了莫高窟的可持续发展，不只需要"莫高人"全力以赴地拯救，更是需要未来中国乃至世界对文物的保护意识。可喜的是，现在有越来越多的年轻人，带着文物保护技术和知识，更怀着那份对莫高文明深入灵魂的热爱，加入了守护莫高窟的行列。莫高窟的队伍，越发强大且科学化；莫高窟的未来，必将更加兴旺发达。

2019届游学日志选摘

（一）

　　三苏祠，位于四川省眉山市中心城区纱縠行南街，是北宋文学家苏洵、苏轼、苏辙的故居。在明朝洪武年间改宅为祠，明末毁于兵燹。清康熙四年重建，逐渐加增建筑，三苏祠超越了往昔的繁华，成为蜀中最负盛名的景观。

　　从栽种着三棵古树的大门漫步而过，听着讲解员叙述的"兄弟树"与"父子树"的故事。抬脚迈过门槛，一座三进四合院掩着雾纱似梦似幻地出现在了我们的眼前。虔诚地凝望着一进大堂的三苏龛像，嗅到了供奉三苏的香火味道。步过叠巘蓊郁，到了二进，却见一方陂塘，鱼儿戏、清莲香、落花流水春尚在。

hooray!!!

2: To be a foodie

成都有你
Love Stories

2006 年，吐馥的那一株并蒂莲成为标本存在于三苏祠内，历史上三度盛开的并蒂莲如今依旧被视为福兆。

过三进，观来凤，苏轼、苏辙两兄弟的书房仍然在这里矗立，"苏母教子"也成为世人永远的楷模。

满庭春色，一池春水。千年的文风走过时光，在铜拓印片中，在古木扶疏旁，在轩廊亭榭里拂去了时间的尘土，重新将最美的模样展现在世人面前。

"十年不见老仙翁，壁上龙蛇飞动。"归去呵，也无风雨，也无晴。

调笑令·千金误

蜀国，蜀国，蜀国一别城郭。

路南路北不逅，眉间眉下苦愁。

愁苦，愁苦，万里云罗难署。

江城子·蜀忆

蜀川秀丽多风光，几经量，难相忘。三千里地，遥望月上妆。

云霜落尽成白雪，长相思，满心上。

灯还影动过郭墙，锦官乡，浣花旁。回首巴蜀，塞上江南廊。

愿冀年年新柳色，人无恙，情未央。

付亦婷

（二）

流年未亡，香樟依旧。即使峨眉山顶很冷，夏天还是来到了，在车上看着车窗外的溪水击打石头和青山绿树交相辉映，竟没有一点拍照的欲望，因为知道即使留下了照片，再看也没有与景色相遇时的触动，因为心里的意境已经不在了。

坐在车里，安静看着窗外的绿水青山，耳机里放着《平凡之路》，我想，其实有的时候，爱一个人，应该像爱祖国、爱河山。

到了报国寺看到墙上的字，感觉心一下子静了下来，总说自己佛系，总觉得自己已经做得很好了，可是万万没有意识到，其实这才是最大的愚蠢，我并没有那么佛系，我会经常和自己较真，埋怨别人，受到伤害时把错误归结于别人。于是自己越难受，就越不能放下。可是如果我们多从自己身上找一找原因，多去反省自己，多看到自己的不足和别人的优点，也许我们的生活会更加舒服，许多放不下的，也就慢慢放下了。别太和自己较劲儿了，其实啊，人这一生，要学着与自己和解。

中国历史上有无数个名人，但没有谁能像诸葛亮这样引起人们长久不衰的怀念；中国大地上有无数座祠堂，但没有哪一座能像成都武侯祠这样，让人生出无限的崇敬、无尽的思考和深深的遗憾。我们参观了刘、关、张的碑文，去到了诸葛亮的祠堂，公元234年，诸葛亮在进行他一生的最后一次对魏作战时病死军中。而如今的我们也只能通过参观的方式来感念先人，想着，一千年前，他们也曾在这里。

走在武侯祠中，仿佛又能看到他鞠躬尽瘁、死而后已的样子。古往今来有两种人，一种人为现在而活，拼命享受，死而后已；一种人为理想而生，鞠躬尽瘁、死而后已。

卢诗盈

（三）

　　游学行程的第一日，我们来到乐山大佛处。早先我便知晓这尊佛像的巨大，可若不是身临其境，是没有这等震撼之感的。佛像的压迫感是真实的，即使我们不信佛，但也无法避免地肃立于佛前，倾听这历经千年的大佛的心声。泠泠的微风拂过面庞，望着那已然有些腐朽

的佛面，我想，这千百年来的世间种种，佛应是知晓的吧。矗立于江上船中，仿佛伸手便可触摸……"江寒晴不知，远见山上日。朦胧含高峰，晃荡射峭壁。"时光荏苒，那佛又经历了几度春秋。

当抬脚迈进杜甫草堂的那一刻，我真正感觉到了什么是世外桃源。一条幽深小径通向远处，我不知道那是什么地方，也不知道有多远，只是这样迈着步子，沿着两旁的竹柳，通向一千年前伟大诗圣曾住过的地方，感受那"安得广厦千万间，大庇天下寒士俱欢颜"的悲凉悲情。若干年前，您也曾踱着步子，望着天空。物是人非，但时间终是冲刷不掉您的痕迹。呜呼，何时眼前突兀见此屋，吾庐独破受冻死亦足！

王天露

（四）

于成都的喜爱，大抵是去年的此时，后知后觉迷恋上那首赵雷的《成都》。歌词中所描绘的成都，总会给人带来格外喧闹而繁华的错觉，实际上它只是一座阴雨连绵的小城，承载了人们太多的记忆。绵绵细雨，是与暴雨、阵雨都不同的天气，雨一直下，但却莫名让人感到踏实。雨后的锦里，人流仍旧汹涌，夜幕下红灯笼已经亮起，把这西蜀第一街照得灯火通明。

临走之前再次到了锦里，最后感受一下成都的这条古文化街。望着的是人潮汹涌的各色小吃摊，嗅着的是油炸、炖煮的各种香味，嘴里含着的是或辣、或麻、或甜、或酸的百味齐放。这里的人们可以整日泡在茶馆里，看看书，与三五好友聊聊天，时不时品口茶，这样的生活真的好慢，慢到每一帧的动作都能铭记于心，难以忽略身边简单的快乐。"少不入川，老不出蜀"，天府之国实乃温柔之乡，这样的安逸城市空气湿润，安静不吵，各种美食总是吃不尽的，再也没有哪里比成都更适合这低吟浅唱的民谣风了，我们来了便不走了吧。

张雯萱

游学论文摘选

四川研学线路旅游资源综合评价

摘要：2018 年 5 月 7 日至 12 日，学校组织我们去四川研学。我们参观了很多的旅游景点，这些景点是四川旅游资源的一部分。我针对这些研学线路上的旅游资源进行如下综合评价。

一、旅游资源本身评价

1. 特色

四川研学线路上的旅游资源内容多样。四川既有自然风景，如峨眉山等；又有历史古迹，如三苏祠、杜甫草堂、都江堰、武侯祠等。

四川研学线路上的旅游资源十分具有观赏性。峨眉山地势陡峭、风景秀丽；宽窄巷子青黛砖瓦、巷子幽深；杜甫草堂浣花溪畔，诗情画意。

四川研学线路上的旅游资源具有独特性。乐山大佛通高 71 米，是中国现存最大的一尊摩崖石刻造像；峨眉山是我国四大佛教名山之一；熊猫基地是我国乃至全球知名的集大熊猫科研繁育、保护教育、教育旅游、熊猫文化建设为一体的大熊猫等珍稀濒危野生动物保护研究机构；都江堰是全世界迄今为止年代最久、唯一留存并仍在使用的以无坝引水为特征的宏大水利工程。

2. 价值

四川研学线路上的旅游资源具有历史文化价值。三苏祠是著名文学家苏洵、苏轼、苏辙的故居，有古井、洗砚池等遗迹，珍藏和陈列着五千余件文献和文物；乐山大佛是唐宋时期西南佛教文化的重要体现，世界上最大的石刻佛像之一；峨眉山具有浓郁的宗教文化气息；杜甫草堂是中国保存最好、最具特色的杜甫行踪遗迹地，被视为中国文学史上圣地；四川博物馆中蕴含着丰富的四川历史文化资源；武侯祠很好地展现了三国时期的文化。

四川研学线路上的旅游资源具有美学价值。置身于各个旅游景点之中，我看到了大自然的鬼斧神工、精巧别致的人文景观，还有富有浓厚历史气息的文化圣地。

四川研学线路上的旅游资源具有科学研究价值。熊猫基地中对大熊猫等珍稀动物的保护研究体现了其科学价值；都江堰作为世界迄今年代最久、唯一留存且仍在使用的无坝引水水利工程，体现了其科学研究价值；峨眉山中生物种类丰富。

四川研学线路上的旅游资源具有经济价值。宽窄巷子是遗留的清朝古街，锦里是西蜀古老商业街道，都是集旅游与商业经营为一体。

二、旅游资源环境评价

1. 环境容量状况

四川研学线路上的旅游资源环境容量较为充裕。环境容量一般可以分为三个层次：生态的环境容量（生态环境在保持自身平衡下允许调节的范围）；心理的环境容量（合理的、游人感觉舒适的环境容量）；安全的环境容量（极限的环境容量）。在参观各研学景点时，大多时候感到环境容量较适宜，人与人有一定距离，景点内人群不是很拥挤。但也有个别景点（如宽窄巷子、锦里古街、熊猫基地）人群非常拥挤，环境容量稍差。

2. 环境质量状况

四川研学线路上的旅游资源环境质量状况较好。研学景点十分优美，令人赏心悦目。但有些景点受天气影响很大，比如峨眉山会受阴雨天气影响有时无法看到佛像全身和佛光。

三、旅游资源外部条件评价

1. 地理位置与交通

四川省位于中国西南腹地，地处长江上游。与7个省（区、市）接壤，是西南、西北和中部地区的重要结合部，是承接华南华中、连接西南西北、沟通中亚南亚东南亚的重要交汇点和交通走廊。研学线路上的旅游资源主要位于成都市。成都，简称蓉，别称蓉城、锦城，是四川省省会，西南地区唯一一个副省级市，特大城市，国家重要的高新技术产业基地、商贸物流中心和综合交通枢纽，西部地区重要的中心城市。

研学线路上的旅游资源交通状况良好。四川省交通运输行业推动实现从"蜀道难"到"蜀道通"向"蜀道畅"的跨越转变。总体来说，我们研学时的交通顺畅、便利，仅有少数堵车现象。

2. 客源市场

四川旅游客源市场辐射范围较大，主要吸引国内游客；一些著名景点有较大的国际吸引力，如都江堰和熊猫基地。

3. 基础设施

四川省以《四川省新型城镇化规划（2014—2020年）》为指导，扎实开展"城市基础设施建设年行动"，加快道路交通、市政管网、防洪排涝、污水处理、垃圾处理、生态园林、电力通信等设施建设。全省城市基础设施建设质量和水平明显提升，城市基础设施体系进一步完善。

2019届9班　曹若溪

拜谒圣贤

　　2018年6月8—9日我校组织部分高一、高二年级人文实验班学生赴曲阜开展研学活动。活动中同学们探访孔子故里，参观了孔府、孔庙、孔林等世界遗产，近距离接触了游学城市的文化底蕴，将文学、历史、地理等多学科知识与研学活动相结合，在追溯历史、感受文化的综合实践活动中提高了自身的人文品味。

周口店寻踪

　　周口店位于北京市房山区，属于世界文化遗产。在发现此遗产前，世界对于古人类的认知停留在距今 10 万年的早期智人上。1921 年美国古生物学家格兰阶和奥地利古生物学家斯丹斯基，发现了周口店遗址第 1 地点，同年发现了周口店第 2 地点，并科学推断其为 50 万年前的古人类化石，此消息一出，震惊中外。1927 年，步达生在周口店发现 3 枚人的牙齿并正式把这个古人类命名为"中国猿人北京种"。在 1929 年，当考古工作一筹莫展时，裴文中发现了头盖骨、石器工具和灰烬遗迹。这些发现，无论是在中国还是在世界都具有极大的价值，为人类进化论提供了强有力的证据。

　　北京猿人的研究，结束了 19 世纪以来关于智人前是猿还是人的争论。北京猿人（直立人）是猿人向人类进化的重要阶段，把人类用火的历史提前了几十万年。

　　在这次的活动中，我们首先进入博物馆聆听讲解和学习，观察动物化石、头盖骨、牙齿、石器等。接着来到龙骨山进行实地考察。

　　猿人洞原是一个天然石灰岩溶洞。大约五六十万年前，北京猿人在这里断断续续地生活到约 20 万年前，北京猿人的遗骨、遗物、遗迹和洞顶塌落的石块、洞外流入的泥沙，在洞内一层又一层地填充起来，形成巨厚的堆积层。溶洞的形成是由于流水溶蚀作用，流水、空气中的二氧化碳能与这里的石灰岩发生化学反应，同时，雨水汇集形成河流冲刷，洞口越来越大。

　　第 15 地点发现于 1932 年，1934—1935 年发掘。已发掘的区域南北长 16 米，东西宽 13 米，厚 10 米；尚余部分堆积物未发掘。堆积物分为上、中、下三层。上层主要是黄土状岩石，偶含石灰岩块；中层有

第二部分　『四月天』

97

灰烬和大块的石灰岩、朴树籽、烧骨及石器等；下层有角砾岩含石灰岩块、碎骨、石器、红色土等，胶结坚硬。

值得一提的是，洞口岩石成竖状，联系到北京西山的造山运动，推测该地区的地壳活动导致山体倾斜，部分完全转向才形成现在我们看到的样子。

顶盖堆积也同样是一大看点，目前高出现在的坝儿河河床（周口河）60米，顶盖堆积物质来自河流搬运的堆积物，主要组成是砾石和砂石，是地壳上升运动的又一证据。1937—1938年发掘，在此出土的有原鼢鼠、竹鼠和裴氏大灵猫等动物化石。

在地壳运动的强大挤压作用下，岩层会发生变形，产生一系列的波状弯曲，称为褶皱。一般情况下，背斜成山，向斜成谷。164背斜就是强大挤压作用下形成的。164背斜左侧的太平山都属于背斜吗？这需要我们在以后的学习过程中进一步探讨和学习。

在这次研学活动中，我们不仅对北京猿人有了深刻的了解，还对遗产保护有了一定的认识。1941年，在抗日战争期间，中方请求美国方

2021 届 7 班　汪骏青

今天我们去了房山的周口店遗址博物馆参观学习。之前初中的时候我也跟着学校去过一次周口店，但那次主要是研究有关历史方面的内容，而这次是带着地理的学习任务。今天天气很冷，下着小雨。我们爬上山，探究山体的构造是属于背斜山还是向斜山，以及两种山体分别该如何利用。之后我们又四处寻找不同种类的岩石，有花岗岩、页岩、白云母等，也有不少的惊喜。这次活动虽然条件比较艰苦，但我还是很高兴能出来实践的机会，切身感受教材上的知识。我也很期待能多参加类似的活动。

2021 届 7 班　孙欣盈

今天有幸跟随学校的地理老师们前往地处房山区的周口店猿人遗址，大致的行程路线是参观博物馆，到龙骨山一带和山口村实地考察。在博物馆了解了周口店猿人（北京人、山顶洞人等）的历史，了解了他们的基本生活方式等，之后就出发前往龙骨山，看见了猿人居住的洞穴，可避风避雨，里面有钟乳石、石笋等自然形成的景观，到达山口村后就进入了对地貌岩石的学习，捡拾到了花岗岩，还走了崎岖不平的路爬山，颇令人印象深刻，除了学习到地理知识，还真实地体验到了地质考察的艰难过程。

2021 届 8 班　张轩悦

参加周口店的活动令我感受颇深，博物馆里陈列的各种各样的文物，仿佛把我带向了发掘现场。走出博物馆，来到猿人遗址地龙骨山。用学到的地理知识观察地形，让我们将书本上的知识运用到了现实。进入猿人洞和山顶洞的时候，震撼席卷了我的情感，我们的祖先在这样的一个大大的山洞里生活着，发展着人类文明，曾经的人们在这里生活，如今的我们在这里参观，在历史的长河中，人类显得如此的渺小。我对此表以崇高的敬意。

2021 届 8 班　陈婉怡

周日早上天气严寒，同学们踏上了去往周口店遗址的旅程。

天气虽冷却浇不灭同学们如火般的热情，大家一个个兴奋雀跃，盼望着可以在此次活动中多了解一些关于遗址的问题。

在周口店遗址里，从前只以图片和文字的形式出现在课本上的知识，如今，一个个都活灵活现地跳跃在我的眼前，让我能够清晰地触碰到自己所学所感。让我对于历史，地理，和遗址的问题有了更深一步的考虑。这次的活动，让我感受到了中国历史的魅力，也让我对中国文化的博大精深有了更加深刻的体会。希望以后的活动会带给我更大的震撼。

2021 届 7 班　戴晨

拔凉拔凉的雨正落着
瑟瑟发抖的我正淋着
采一株狗尾草　搬一块花岗岩
花岗岩有一面光滑
沾了许多湿润的泥土
我的手指穿透彻
心却久违地舒畅
北京人　山顶洞人
今天我们来拜访这对跨越时空的邻居
我与他们对话　他们告诉我许多
肿瘤大角鹿的起源与灭绝
凶猛的中国猎狗如何与他们共居一洞
……
地理地理，就是大地告诉我们的道理
就是自然之理
跟狗尾草道了个歉
我把它放回自然
下雨天　这一场与大地的邂逅来得刚刚好

面代为保管猿人化石和石器，在运输过程中没有中方人员参与，负责军官又被日军掳走，导致这批化石下落不明。新中国成立后，曾派人去寻找，却没有丝毫消息，至今去向不明，成为我国乃至世界的一大遗憾。

2022 届 8 班　潘信夫　李辉阳

2021年5月9—10日，高一与高二筑真班的同学进行了期待已久的研学活动。在这两天里，我们来到了香山、植物园和水长城等地点认真学习了红色经典。从植物园中梁启超家族墓中几位国家院士的墓碑到香山双清别墅里毛泽东布满书籍的床板，在讲解员的介绍下，我们了解了历史，体会着时代的艰辛，更深刻学习到老一辈发扬的时代精神。

我们首先来到北京植物园，参观曹雪芹纪念馆和梁启超墓。

曹雪芹纪念馆是以北京香山正白旗39号老屋为中心建立起来的一座小型乡村博物馆。馆舍是一排坐北朝南的清式平房，占地面积约3000平方米，建筑面积300平方米。馆藏主要有与曹雪芹身世相关的文物，曹雪芹一家与正白旗村有关的文物，以及名著《红楼梦》所描述的实物仿制品等。

馆内分为五个展室，分别陈列有曹雪芹当年居住的地方；写作《红楼梦》的书斋；香山地区美丽的自然环境所给予文学家的灵感；二百年来有关曹雪芹身世的重大发现以及与故居有关的资料。此外还有一些碑刻陈列，反映了曹家与香山地区的关系。

梁启超家族墓园由梁启超之子、中国著名建筑学家梁思成设计。梁启超、他的两位夫人、弟弟梁启雄，还有三位儿子均葬于此地。

墓园背倚西山，坐北朝南，北高南低，四周环围矮石墙，墓园内栽满松柏。

梁墓于1978年由其后人梁思庄等人全部无偿交给北京植物园。植物园接收后，按规划对梁墓进行了整理建设、绿化美化，使这座荒凉的墓园，恢复了昔日的幽静肃穆，供人们凭吊瞻仰。

午饭过后，我们便向香山公园南麓的半山腰进发。当耳边被喘息声萦绕，双清别墅映入眼帘。"我们这是进京赶考！"1949年，毛泽东率领中共中央总部从西柏坡村迁至北平，进驻香山的双清别墅，并在这里指挥了渡江战役，筹划了建国大业。而距双清别墅不远、三面围以山墙的来青轩，也记录着朱德、刘少奇、周恩来、任弼时四位领导人办公休息的点点滴滴。这里的一砖一瓦，都因见证中国共产党运筹帷幄，见证"天若有情天亦老，人间正道是沧桑"的伟大历史时刻而永不褪色。

（一）

在这次研学实践活动中，令我印象最深刻的就是双清别墅。进入双清别墅，我追寻着领袖革命足迹，感受到了中国革命重心，体会到了红色革命情怀。作为中学生，我们应该学习、传承并发扬革命先辈的精神，做一个积极向上、乐于好学的人，做好准备为祖国贡献一份力量。

高一（3）班　马艺洋

（二）

香山的双清别墅和来青轩曾是毛主席和四位中央领导人居住和工作过的地方，也曾是中共中央的指挥中心。它是中共中央"进京赶考"的第一站，是中国革命从农村走向城市的第一指挥部。通过参观和聆听工作人员的细致讲解，我进一步了解了中国共产党发展的光辉历程，深切体会到了中国共产党解放全中国的艰辛与不易。在新时代，我们作为新青年，一定要继承和发扬党的光荣传统和优良作风，不忘先辈的艰苦付出，积极践行社会主义核心价值观，不忘初心，牢记使命！

高一（3）班　张鲲腾

（三）

香山寺与我去过的寺庙有些许不同。倘若沿中轴线行走，在爬台阶时常会有一种攀缘的眩晕感。一问才知是寺庙依山而建而山势陡峭的缘故。牌坊和斗拱上的花纹在柔和日光照耀下明亮但不刺眼，点缀在灰色瓦浪中，如同被揉碎的黄金。整座寺庙陷入山中，墨绿的树叶在羊脂白玉般的浓云笼罩下越发温润宁谧。好似白云睡了而太阳醒着，泥土睡了而树根醒着，寺庙睡了而佛铎醒着。

高一（2）班　车佳睿

（四）

香山革命纪念馆位于风景优美的北京香山，纪念馆中一件件珍贵的展品和音像为我们展示了中共中央在香山的峥嵘革命岁月。我们依次参观了进京赶考、进驻香山、继续指挥解放全中国、新中国筹建等展厅，其中带有厚重红色历史的展品，如解放军军徽、毛主席的革命书稿、重庆渣滓洞的手绣五星红旗等让我们身临其境地了解了共产党带领军队与人民英勇奋战的光辉成就，也体会到革命先烈们的革命精神和英雄气概。进入新时代，作为新青年，我们更要不忘历史、牢记使命，把革命精神学习传承下来，为祖国的百年目标、中华民族的复兴任务添砖加瓦！

高一（2）班　唐祺玉

（五）

通过对香山革命纪念馆的参观，我了解了香山这一段并不广为人知的红色历史。展览将这些历史中的碎片细节拾起拼凑，为后人重现那一段光辉岁月，让我们知晓那些伟大事件背后众人付出的心血与代价，勉励我们不忘初心，继续前行。

更让我印象深刻的是另一行参观的解放军战士们，他们的英姿散布在展厅的各个角落，观看着前辈们为新中国的成立所作出的贡献。我不禁感受到一种使命正在被传承，虽在不同的时空下，但他们都有着同样的保卫祖国和人民的坚定信念。这种令我钦慕的精神信仰，正是我们今日的幸福生活得以延续的原因。

高二（8）班　宗文天

（六）

将风景做枕头，将夕阳做铺盖，将路途的颠簸做催眠曲。一天的活动结束了，而第二天的朝阳也并不太遥远……

银山塔林位于昌平区城北 30 公里处，是国务院公布的中国重点文物保护单位，也是十三陵特区办事处主要的国家级风景名胜区。有西湖雷峰塔的风格，又有兔耳岭的天然公园之美，为明清时期"燕平八景"之一。银山塔林原名"铁壁银山"，因悬崖陡峭如同高大的墙壁一样，色黑如铁，而大雪之后漫山皆白，山色如银而得名。

北京黄花城水长城旅游区位于北京市怀柔区九渡河镇境内，因三段长城入水而得名，是北京唯一一处与水相连的长城。是以奇而著称，以秀为特色，融青山、碧水、长城、古树为一体的旅游休闲胜地。有"塞外景，江南风，尽在水长城"的美誉。

春日的假期，学校组织我们游览了北京郊区的银山塔林和水长城。银山塔林自金、元以来，经明、清至今，已有 600 多年历史。塔群在

600多年中经年累造，民间素有"银山宝塔数不尽"之说。刚进入景区，道路左边山坡下就有两座覆钵式残塔，塔为石塔，造型一般，但是两座古塔几十米外的山坡上有座古塔高耸在平台上，为密檐式砖塔，雕刻十分精美，各角小塔雕饰，假的窗户和门，弧形塔顶，为金代塔。整个塔林覆钵式石塔有12座，密檐式砖塔7座，金代所建五塔形制相同，皆为密檐式砖塔，高20—30米，外形高大挺拔，塔身细部均有精细雕饰，很像佛塔。元代二塔则比较小巧，一个是密檐式塔，另一个为密檐阁式与覆钵式相结合。站在塔边，看着锈迹斑驳的塔壁和微微倾斜的塔身，历史的厚重感油然而生，无论多么德高望重的高僧或大法师终究与这高塔埋没在历史的长河之中，被时间所消磨，终期于尽，这是万事万物都逃不过的命运，但也是其美丽的原因，正因美丽是短暂的，才会让人更爱春天盛开的繁花，更珍惜宝贵的时间和生命。

高二（7）班　张楷

（七）

树，与云，与风。

那万里长城，巍峨耸立于山间，就连风中也夹带上这古老而悠久的气息。

万里长城万里空，百世英雄百世梦。欲买桂花同载酒，终不似，少年游。长城永在，伫立在山间已百年。可再不见当年长城两端争斗不休的人们。

与同学一起，登长城览风景。领略大好河山，同少年游。美丽的风景和欢快的面容，会永远地烙印在我的脑海中。

高二（7）班　邵海州

走进博物馆

自 2017 年秋始，北京十五中 2020 届筑真人文实验班学生在老师们的带领下，开始"走进博物馆"之旅。在多座博物馆的行走中，同学们视野拓宽，思想打开，内心更开放、更丰富，也能更真切地认识了自己。

青春最美的脚步行走在路上，希望我们这条"四月天"的路能一直延续下去……

走进博物馆——行走中的课堂

1、国家博物馆
2、首都博物馆
3、**北京珐琅厂（中国景泰蓝艺术博物馆）**
4、北京古代建筑博物馆、中国钱币博物馆

走进博物馆前——专题讲座

《秦汉风，拂千年——参观国家博物馆"秦汉文明"展专题讲座》
《钱中乾坤——参观中国钱币博物馆专题讲座》
《先农、先农坛及先农坛文化——参观北京古代建筑博物馆专题讲座》
《受难之都——近百年北京的居住变迁》

参观归来——课后反思

2020届7班 王依丹

其实这几次参观学习中，除知知识以外更带给了我一些别的思考。说来惭愧，我在北京居住生活了十余年，自诩为一位地地道道的"北京人"，却每日只见于家和学校附近的一亩三分地，对于中国钱币博物馆和北京古代建筑博物馆一类甚至是闻所未闻，更别提学习参观了。所以我认为学校提供的《走进博物馆》课程并不只是开阔了我们的眼界，更是给我们提出了一个有关自己家乡的问题——你对北京究竟了解多少？也是给了我们一个契机去了解探索北京并不为大众所熟知的事物。也许在今后的生活当中，空闲时间，我可以"跳脱"出生活范围内的小圈子，逛一逛这历史悠久底蕴深厚的九九城，虽然不一定会发现高考考点，但一定会发现许多曾经每每经过都不曾留心注意到的美好。

2020届7班 王祎萍

一个周二的下午，我和同学们走进了北京古代建筑博物馆。北京古代建筑博物馆在先农坛里面，主要包括太岁殿、先农神坛、庆成宫、观耕台、神仓等多组建筑，其中太岁殿正殿、拜殿已跻身为古代建筑艺术陈列室。汉之古拙，唐之雄大，宋之隽丽，元之自由，明清之规范，各时期的建筑风格尽收眼底。除此之外，你还可以领略到中国各地区建筑之特色——北国之雄茂，江南之典雅，蜀中之朴真，让人不得不感叹我国古代建筑历史之悠久、成就灿烂。居住的历史折射出古人在衣食、解决人与自然、与环境空间关系所体现出的智慧和哲理，令人啧啧称赞。

2020届8班 杨希心

微风习习，银杏叶黄，在这天高气爽的金秋，我们外出"拾起落叶"，收获颇丰。《秦汉文明》专题讲座后的一周，我们揭开了《走进博物馆》课程的序章——参观国家博物馆的"秦汉文明"展。聚时辉煌，皇后玉玺、长信宫灯、金缕玉衣，"西王母"陶座青铜摇钱树等不仅再现了秦汉时王公贵族灯火煌煌、珍馐满桌的奢华，也展示了那时王朝的富强、文明的发达。秦汉时期物质文化的高度繁荣。通过展览，观赏过文物，我们得以真切地触摸到秦汉王朝的时代脉搏，厚重、繁华、灿烂、辉煌。

2020届8班 华昕鹏

本学期，我校开设了丰富多彩的《走进博物馆》课程，参观国博、首博，探秘景泰蓝，鉴赏秦汉文明，领略传统艺术之美……这些活动都带给了我不同寻常的感受。传统艺术的美感，历史文化的底蕴……也正是因为参观，我终于理解了一个拥有五千多年历史的国家纵使经历风雨磨却仍然昌盛不衰的原因。那便是于一个国家的魂，一个民族的精神，只要这个民族，仍有自己坚守的信念与传统，那么它将永远流传为一颗明星，在历史的长河中闪耀下去。收获的不仅是知识，文化底蕴也是鞭策我努力学习的动力，放开眼看世界，仍然要脚踏实地，不断地努力，才能收获自己美好的前景。我相信，因为这些底蕴的积累，未来将掌握在自己的手中。

2020届9班 侯佳莹

在《走进博物馆》课程中，给我印象最深的是首都博物馆。头顶纸鸢子灰色的屋子落进你的眼里，仿佛看见了无数白鸽在四合院上空盘旋，绿荫瓦影绰绰，一群人热热闹闹间回眸，谈笑着，有一刻仿佛接近了那多年前的老北京。我们首博之行的第一个展厅，读城，让我们感受到了四合院的魅力，仿佛置身于老北京人补实、从容的祥和生活方式。在这里，我们第一次看到了工笔勾勒的无微不至的四合院图式，看到了直观清晰的四合院平面图，那红色楼阁形状的展板上贴着光影交织里的四合院，有石墙、雕廊，雕花门，安静地微笑在邈远的岁月里，不曾不变，夯石青青砖，蓝绿色白灰之间，手指拨动着转轴，你可以领略北京的颜色在你心中漂出水面；走过瓦当，走过下着秦俏的老夫妇，走过一幅幅绚烂而别有情趣的北京画作，寻找你心目中或记忆中的北京来……一切就开始在你转过影壁墙的一瞬间。

2020届9班 李艺涵

先来讲讲北京古代建筑博物馆吧，那里给我的印象是震撼。从两穴到四合院，再到宏伟大气的建筑群；从木骨、泥墙到再至砖瓦；从追求实用到追求美感，这些变化无不证明着社会的进步及生产力的提高。那一座座古老的建筑就在历史中静心沉淀，时至今日，它们已散发出一种温温和和的气息——文化气质。整个讲解到过程中，好像总能听到讲者被师说"文化气质"，国人为什么喜欢四合院？因为它对外环境，相对安全，对内仿佛把整个家族圈在一起，形成团结的氛围，保守、含蓄、完满，正是古老四合院所诉说的。为什么古代建筑大什用木不用石？那是因为土木皆取于自然，独属灵气。最后，思对讲解老师的问题做一个回答，我觉得正是就是未欣赏建筑的美？我觉得不是，于我来说，在感受到古建筑的文化气质后思考如何能正保护它……

第三部分　筑真意叶

　　许多非筑真班的同学、老师，甚至是社会人士，了解我们筑真班可能都是从"筑真意叶"开始的。"筑真意叶"其实是属于我们筑真班的微信公众号。在这个小小的公众号里有一个只属于我们的"筑真空间"，那里写满了我们在成熟与成长过程中的感受、思考与创造。

　　我们常常用自然界的生命形态来比喻我们的成长——就像一条奔涌的大江，从涓涓细流开始到浩瀚入海；就像一座高山，从微土砾石堆叠到高耸云霄。但它更像一棵大树，年轮记录了生命的顺逆与悲欢，而更多的是在枝头歌唱生命的蓬勃，却又不经意间随风飘落最终失了踪影的叶子。而"筑真意叶"就给了我们这样一个空间——让我们捡拾生命中的点滴感悟与思考，记录我们与文学、与大千世界的交流、碰撞与共鸣。

　　回首十年间，"筑真意叶"这小小的空间里满是写着我们青涩笔墨的叶片，让我们从中摘取两片"诗酒年华""岁时有你"与大家分享。

这是最真切与最纯粹的生活

暑假已至，这几天正好读到了一首诗：

有些日子我们过得是那么丰盈，那么丰盈，
像四月的田野，热烈地颤动：
思潮如大雨，倾盆四溢，
幻想如森林，充满了心灵。

在诗人哈克夫的笔下，生活是个宏大深奥的命题，会飘零、会丰盈、会平静……也正是因为这样，生活才有了最完整的模样。细细算来，筑真人文实验班官方公众号"筑真意叶"已创建399天。一年多来，我和筑真编辑部的编辑们所经历过的那些日子，简单真实，又如此丰盈，我们把生活过成了预想的样子。

现在回想起来，一年前，吕校和我在策划创建"筑真意叶"之初，出于对"筑真"的一种情怀，我们想要搭建一个平台，为精神和心灵寻一处栖居地，让"筑真"精神与品质凝聚并届届相传。在筑真班当年已毕业的师哥师姐们的支持下，我们的官方公众号"诞生"了，兴奋着、摸索着、带领着，在无尽的热情中，"筑真意叶"一岁了。

现在的"筑真意叶"已经成为所有筑真班的一个大本营，无论是已毕业的"筑真人"，还是在校的"筑真生"，甚至是家长们，或参与公众号内容的撰写、编辑，或关注公众号的每一期推送。老师们会在推送下评论："看到这样的文字总是很感动，很感慨，转眼你们就长大了。"家长们会留言给予鼓励："你们真棒，如诗如画的青春年代。""这四个同学从不同角度用画笔描绘出敦煌壁纸的风土人情，带我们用现代人的眼光去品敦煌时期的人文景象，作为家长倍感欣慰和骄傲。真心感谢学校和老师！"师哥师姐们说："每一次相遇，都值得珍惜，和十五中的故事，和筑真的故事，和你们的故事，都将珍藏。""我们的心还在一起，只要筑真不变，品字情就不会变。"

每当看到这些文字，那些紧张辛苦地撰稿、编辑排版的日夜，都会化作淡淡的一个微笑。筑真编辑部里编辑们的辛苦不用说，都是从零学起，如何采写、如何排版、如何配图，课余时间的不小部分都分配给了"筑真意叶"。每当我将新一期推送的策划内容和要求分派给任意一组编辑，无论预留给他们的完成时间是否紧张、无论所期待的文字内容是否容易掌控、无论所要求的版面设计是否复杂，他们都能按时完成。在这之后，那期推送的编辑们还要在我强迫症似的磨人校对中，一遍遍修改：文字、图片、排版、行间距、字体颜色……最终较专业、较高质量的推送出炉。过程辛苦，但也正是如此，他们及我，都学会了静下来，慢慢沉淀，感受文字的能量，听一听内心的声音。

顾城说："我看不见这世界是因为我的心像波动的水一样，当我的心真正平静下来的时候，它就映出了这一切——山还是山，水还是水，一切都没有改变，但是我看见了它们。"我相信，筑真编辑部的每一位编辑，在工作时都会不由自主地安静下来，正是那一刻的静，才会让他们、也让我们，感受文字的本质。我们敬畏文字带来的魔力，这些自由的文字、这些有力量的文字，让我们更深刻地看到自己，也让我们的内心更加宽广。通过文字这个形式，我们与生命中的某种能量吻合，然后有了一个完美的过程，也有了一个保存记忆的途径。

说起来，才能是天赋的、内在的。人的一生或许都在发现自己才能的过程中。这个公众号、这个平台，引出了潜藏在筑真班同学内心的情怀、才能，让热忱与兴趣适配、链接，并以相当的自由度、包容度，鼓励每位同学将自己独立思考的过程展现出来，帮助他们进一步发现、找到适配的方向。

勇敢、正义、思想、学习、智慧、创造，所有这些都是令人生美丽且值得留恋的。让我们继续为之努力。

祝"筑真意叶"一岁生日快乐！

邓琳　作于 2017 年 7 月 31 日"筑真意叶"创办一周年之际

遇见同一片树林

2018 年冬至，黑夜最长的一天，周六，高三补课，面对月考后压力山大的同学（我也一样），我朗读了美国诗人弗罗斯特的小诗《雪夜林中小驻》并讲述了诗歌的背景：为了给孩子们准备圣诞礼物，诗人（当时也是一个贫困的农夫）驾着马车去城镇换卖鸡蛋等农产品，但无人问津，天黑了，只能沮丧地赶着马车回到农舍。在一年中最黑的夜里，在荒野的路上遇到了飘雪的树林与冰冻的湖，美丽的景色与消沉的内心几乎要让诗人就此停驻。但是，许诺的事情还要去做，miles to go before I sleep, miles to go before I sleep。

当天晚上，微信里闫函同学拍过来这首小诗绘本的照片，并说"觉得比一年多前买书时多了更多的感受，我看到了更多的力量，面对生活的力量"，第二天王祎、李文琪同学推送的"岁时有你"也用精美的版式推荐了这首诗，2018 年最后一节语文课上，杨可同学在描写一年里最难忘的场景时就选取了当天朗读时班里的情景。

2018 年 12 月的一个周五，高一高二筑真班同学在一阶上阅读课，我从杂务中想起时已经迟到了，匆忙从后门进入。推开门，讲堂里坐满了观众，大家都屏息观望，舞台上灯光忽明忽暗，我找了个空坐下，融入此时。同学们正在朗诵表演波兰诗人辛波斯卡的诗作，后来是《霍乱时期的爱情》。戏剧性的表演，巧妙的剪辑，忘情的朗读，让人恍然进入另一个时空。如谜似幻之间，又想起前面几届筑真班的阅读课。每年的阅读课都是高二带着高一的同学在做，现在场上表演的主要是高二的同学，他们在上一个学年还是坐在台下的观众。上一个学年，19 届的同学在做了一年观众后终于有机会登台，他们付出了很多努力，推出来

很多精彩的演绎,《活着》《平凡的世界》《红楼梦》《悲惨世界》《我们仨》《东野圭吾作品》《李白杜甫苏轼与四川》《亲爱的张枣》,等等,此时他们已上高三,他们观望的18届的同学已上大学。16届的孟彤同学曾经说过"没有人永远年轻,但永远有人正在年轻",令人欣喜的是每一届年轻同学的努力与投入不仅感染自己,还会传递给更年轻的下一届同学。

发出声音,才有可能形成交响;点亮灯火,才有可能相互辉映,温暖彼此。还是诗人说得好:"不是一切火焰／都只燃烧自己／而不把别人照亮""不是一切歌声／都掠过耳旁／而不留在心上"(舒婷《不是一切》)。正是受到这些校园故事的激励,在新一年即将到来的此时,我也来说出我的想念与惦记,祝福与感谢。

2019年,首届筑真班的同学将从大学毕业,走向更加广阔的生活。相信你们一定还记得灯火阑珊处的电影课,记得朱德故居蜿蜒山路上观光车里的欢笑,记得《一生有你》的快闪……希望你们能更清楚自己想要的生活,勇敢行走,也希望能在"筑真意叶"听到你们的"毕业故事"。

16届的同学,我最熟悉的孩子们,你们一切都好吧? 17、18届的同学,我还记得你们排演的多个版本的《雷雨》,当然还有《有雷无雨》,还有腾冲之行,敦煌之旅。

2019年,第五届筑真班的同学将参加高考,升入大学,在你们之后,"文科班"这个说法将消失。希望你们充满力量,更加成熟,绝地能求生,胜境不骄躁。希望你们考入心仪的大学,再传来"天涯回响"。

2019年,在校的高一高二的同学们,你们已站在筑真舞台的C位,数风流人物,就看你们了。

2019年,学校将迎来第八届筑真班的同学……

村上春树曾说："每个人都有属于自己的一片森林，也许我们从来不曾去过，但它一直在那里，总会在那里。迷失的人迷失了，相逢的人会再相逢。"是的，每个人都是独特的，都有自己的来路与去处，在进入筑真班、进入十五中之前我们来自不同的地方，毕业之后我们去往不同的世界，我们可能完全走散，也可能再相逢。但有幸，我们遇见同一片树林。在这片树林里，我们遇见彼此，遇见青春，遇见"四月天""筑真阅读课""青春光影""筑真意叶"公众号，遇见文学、艺术、科学、哲学、信仰……遇见带给我们终生庇护的"智慧之树"。

最后要说的还是感谢。

在 2016 年的夏天，16 届学生毕业时，我和邓琳老师商量办一个公众号，我们商定了名称、刊首语和基本框架，其他一切细节都由邓老师和陈凡玉、李想、张翔宇等首届小编们辛苦操办，感谢这些人最初的开垦与耕耘。

2017 年暑假，邓老师带着同学们做了"筑真意叶"一周年特辑。邓老师说："细细算来，筑真人文实验班官方公众号'筑真意叶'已创建 399 天。一年来，我和筑真编辑部的编辑们所经历过的那些日子，简单真实，又如此丰盈，我们把生活过成了预想的样子。"16 届 3 班纪宇扬说："一年时光，天各一方，唯有守直筑真余音回响。"16 届 7 班于杨说："无论行至这世界哪一处角落，都能携母校的陪伴同行，与十五中共生共息。点开它，就知道我的家一直未远，它是我灵魂的背囊，是征程的始发站。筑真意叶，是不忘的初心。"

2018 年夏天邓老师工作发生了变化，新闻专业出身的她操持这项工作是多么令我们放心，突然的变化差点让我们失去继续办公众号的信心。

但令人惊讶的是，当编辑公众号的工作"无奈"地转移给计算机

专业出身的张天宇老师后，他的文字表达力被语文老师频频点赞。感谢天宇老师的多才多艺以及不辞劳苦！公众号在过渡期间，也得到了语文组组长郑莉老师及高二高三同学的大力支持，在此一并感谢！

2018 年底，有更多老师和高一同学加入公众号编辑部，大家做好了新年规划，以期在来年发出更多的声音，点燃更多的灯火！

"筑真意叶"公众号以筑真班同学为主力，但是面向以"守直筑真"为校训的全体十五中人！期待在新的一年有更多的朋友相遇在这一片树林里。

最后，感谢一直陪伴我们，关注我们的老师、同学和家长！

今夜，新年的钟声就要敲响……祝：2019 新年快乐！

吕静　作于 2018 年 12 月 31 日

还是同一片树林

今天是 6 月 27 日，"筑真意叶"公众号创办四周年。

每年这天，公众号都会伴随筑真班毕业汇演的相关信息推送一篇文章。

今年有点特殊，筑真班现在还没毕业。但是我仍然觉得今天应该有些内容来记录一下。就简单写了这么一篇，分享一下目前我对"筑真意叶"的一点想法吧。

我是两年前因为工作安排等原因从邓琳老师那里接手"筑真意叶"公众号的，我当时简单看了下里面的内容，没有多问，就说了一句："我想把它弄成十五中的《独唱团》。"

韩寒在《独唱团》里这样说过：

> 无论多少的现实，多少的打击，多少的嘲讽，多少的鸽子都改变不了，我们总是要怀有理想的。愿这个东西化为蛀纸的时候，你还能回忆起自己当年的冒险旅程。

这是韩寒办《独唱团》的一份执念，或许也是一直以来我对"筑真意叶"公众号的一份执念吧，希望用公众号的形式给筑真班同学，或许也包括我自己留下一个能够用来回忆的地方。

人应该有点执念。

"筑真意叶"的创办或许就是一份执念，不过我没问过吕静老师和邓琳老师这份执念是什么，感觉这种事问了就不高级了。

这两年里，我也想过要不要有些硬性的要求，规定的任务，或者

定期必须推出多少文章内容之类的目标，后来也都被自己推翻了。我觉得不论是阅读还是写作都应该是一件随性的事情，不用比数量，不用强求，没必要那么功利，一定要完成什么目标，只要坚持做就可以了。

做人做事也应该是这样。留一份热情，留一份执念，莫问前程，尽力而为就好。

因为在公众号创办中留了许多自由自愿的空间，加上我投入的精力和起到的串联作用有限，我不得不承认许多原本持续发布的专题在我接手后逐渐消失或很少更新了，比如"诗酒年华"，比如"天涯回响"等。

随着众多新媒体形式出现，纯文字的表达逐渐式微这事在我看来挺正常的。随着信息技术的革新，思想和情感的传递、内心的触动和震撼等可以用文字以外的更多方式表达出来是好事情。

虽然文字表达、阅读写作注定变得越来越小众，但是我还是愿意"筑真意叶"公众号是一个有文字温度的地方。

值得高兴的是，这两年中还是收到了许多同学的投稿。每一篇投稿我也都认真看过。不论是一本书籍的推荐，还是一部电影的点评，不论是生活点滴的记录，还是对名山大川的赞美，都能通过文字感受到大家的热情和朝气。也希望同学们能够通过公众号的写作收获一份自信与成长，明白很多事情其实并不需要天赋异禀，只要有所投入有所热爱便能收获一份不错的结果。

我记得在 2018 年底，公众号的创办人吕静老师写过一篇题为"遇见同一片树林"的文章。其实"筑真意叶"公众号就是一片树林，我们在这里相遇，有人走入，有人离去，我们不用惋惜什么，因为它永远都是那片树林。

最后感谢所有支持和帮助过"筑真意叶"的老师，以及所有参与和关注"筑真意叶"的同学们。

"筑真意叶"创办四周年快乐。

张天宇　作于 2020 年 6 月 27 日"筑真意叶"创办四周年之际

望江南·超然台作

苏　轼

春未老，风细柳斜斜。试上超然台上望，半壕春水一城花。烟雨暗千家。

寒食后，酒醒却咨嗟。休对故人思故国，且将新火试新茶。诗酒趁年华。

中国的文人们爱酒，曹孟德说"何以解忧，唯有杜康"；王羲之醉后写下的《兰亭集序》成为"天下第一行书"；陶渊明的《饮酒诗》一下写了二十首，写成了一个系列；杜甫说"李白斗酒诗百篇"更是把盛唐的诗歌高峰与酒紧紧地联系在了一起……中国古代文人的内心往往是紧张的、纠结的，而微醺的状态则让他们暂时放松。酒自然成了诗文的催化剂。三杯两盏淡酒，那种缠绵辛辣，就会将文人们的内心情感无限放大，诗情画意也就随之自然流淌出来。

青春的浪漫也似生命中的一种微醺，在青春的年华里遇上诗文，似乎天然就多了更多激情、更多灵感、更多梦幻。"春未老"——青春不会老，因为永远有诗、有文学滋养我们的生命。就让我们趁着这大好的青春，纵情徜徉在这文学的春风里，醉在诗里，醉在文字里，用我们的笔写下我们在文字里与千百年前的灵魂们的共舞，写下我们的"筑真之会"。

梦回大唐——李杜诗篇

一场欢歌，几人梦多；悠悠百年，谁共与说？在千百年来，谁的文字历久弥新？时间告诉我们，这些文字便是李杜的诗篇。李杜诗篇犹如一颗最璀璨的明珠闪烁在历史长河中，他们的诗篇，有的我们从小背诵，有的却至今未有耳闻；有的简单生动，有的晦涩拗口，但不得不说，一千两百多年前的诗句，今天读来依然令人荡气回肠。

将进酒

李 白

君不见，黄河之水天上来，奔流到海不复回。
君不见，高堂明镜悲白发，朝如青丝暮成雪。
人生得意须尽欢，莫使金樽空对月。
天生我材必有用，千金散尽还复来。
烹羊宰牛且为乐，会须一饮三百杯。
岑夫子，丹丘生，将进酒，杯莫停。
与君歌一曲，请君为我倾耳听。
钟鼓馔玉不足贵，但愿长醉不复醒。
古来圣贤皆寂寞，惟有饮者留其名。
陈王昔时宴平乐，斗酒十千恣欢谑。
主人何为言少钱，径须沽取对君酌。
五花马、千金裘，呼儿将出换美酒，与尔同销万古愁。

犹记那年长安花落，而后落得"赐金放还"，

那玄宗只一口小儿，怎晓得吾之才思，

抱用世之才而不遇合，

怀才不遇，历来不过如此。

二位夫子，怎的不痛饮几樽美酒？

若说人生苦短，任于人乎！

有道是，"人将行乐，且在'及时'也"。

今日，何不听我高歌一曲？

唱尽这世道，唱尽这江山，

唱尽这离乱，唱尽这辛酸……

主人啊，你留那五花马、千金裘又作何，

还不快快叫你家童子拿去换酒，

世间唯有酒才能让我们消除那，

无穷无尽的万古长愁罢！

第三部分　筑真意叶

121

"将进酒，杯莫停！"大概这是太白在豪饮之后能想到的最直白、最恣意的劝酒词了，因此，整篇《将进酒》只用一字便可以概括——"喝"。说得再直白一些，便是——"干"。时值彼日，太白被赐金放还后的第八年，应岑勋和元丹丘二位好友的邀请，来到了嵩山上一同痛饮，喝到尽兴之时便大呼奉劝两人要"及时行乐"，而"及时行乐"便要"举起酒杯"，因而成全了一篇豪言壮词。满篇文字，尽管太白狂放于其间，却也可以看出他壮志难酬的不快。正是如此，我们才看到了这样一个有血有肉，恍若天外谪仙却也追名逐利的太白——只是太白。

新婚别

杜　甫

兔丝附蓬麻，引蔓故不长。

嫁女与征夫，不如弃路旁。

结发为君妻，席不暖君床。

暮婚晨告别，无乃太匆忙。

君行虽不远，守边赴河阳。

妾身未分明，何以拜姑嫜？

父母养我时，日夜令我藏。

生女有所归，鸡狗亦得将。

君今往死地，沉痛迫中肠。

誓欲随君去，形势反苍黄。

勿为新婚念，努力事戎行。

妇人在军中，兵气恐不扬。

自嗟贫家女，久致罗襦裳。

罗襦不复施，对君洗红妆。

仰视百鸟飞，大小必双翔。

人事多错迕，与君永相望。

昨日一抬花轿，今日两行清泪。

昨日方作新妇，今日便是生离死别。

过去待字闺中，未敢抛头露面，

独自守着窗棂，坐看月盈月亏。

今后独守空房，只待离人归来，

不求荣华富贵，愿平安无事。

每日细心妆扮的脂粉，就让它完结在这里。

荆钗罗裙，不要海誓山盟，不要蜜语甜言，

只待征人归来，在余生携手。

今日征人随军远行，纵有千言万语，

却只能化为愁绪细细缝在心间。

新妇多么想要与君同去，

却唯恐扰了军中士气。

妾身只好留在故里，

劝勉征人为国家效力。

　　划过天边的鸟啊，是如此自由。它们比翼双飞，在云间缠绵，而如今这对新人就要分离。一个独守空闺，看转角的青梅；一个血挑战场，杀敌国的兵士。二人不过刚刚成亲，便天各一方。人间有多少离合悲欢的愁思，人间有多少不如意的别离，只愿君心似我心，不负相思

意。子美的三吏三别，在而今的和平年代读来依旧是肝肠寸断，子美自己的生活纵使朝不保夕，可他诗里所自然流露出那种忧国忧民的情怀，让远在千年之外的我们感慨不已。

梦里不知身是客，梦里花落知多少。愿这一晚的梦带你我回到大唐盛世看看，览遍繁华过尽后的苍凉。那些诗句我们熟识，抑或者我们只是刚刚邂逅。但徜徉于诗海，可以拂去我们记忆的灰尘，古代文人的智慧，也可以点亮我们今后的生活。

2019 届 8 班　付亦婷　郭滢辰

梦回大唐——温李清歌

生灵涂炭，兵荒马乱，烈火一样的晚唐幽幽吟唱。不知谁家的姑娘惊鸿照影而来，扰乱了两位大才子——飞卿与义山的心绪，寥寥而拨的琴弦，轻巧地盘绕于血色之上，独独勾勒出一方情思的桃花源。两位才子激动万分，只须臾，便作出佳句，成为千古名篇。

"花间"与"婉约"两派之中，这二人一位是鼻祖，一位是代表人物，真可称得上是对中国文学有巨大影响的两位大文豪。

今日，便让我们去重温晚唐的战火纷飞，去品读温李二人的缠绵情思。

花间鼻祖

新添声杨柳枝（其一）

温庭筠

井底点灯深烛伊，

共郎长行莫围棋。

玲珑骰子安红豆，

入骨相思知不知。

我在那深深的井底点着红烛，

渴盼着你能够平安归来，

可郎君你刚归来不过二三日，

怎的又要离家远去？

骨制玉透的骰子里安了一粒血色红豆，

不知你可否听得懂我的相思之情。

相思可谓红豆，

入骨则为骰子，

那玲珑骰子便成了我的入骨相思。

　　红豆自古以来，便是我国的传统意象。中国民风淳朴，表达感情往往含蓄——一枚小巧玲珑的骰子，内安红豆，矜持地送到丈夫手中，便是表达相思之情的全部行动。飞卿词开篇两句以双关娓娓叙出女子思念郎君归来的心情，而听闻郎君又要远行之后，压下心中的思念絮叨着嘱咐丈夫一定要照顾好自己。那一份夫妻之间的缠绵情思，就这样将两人的心紧紧缠绕在一起，尽管郎君远行天涯，也一定可以想起女子的入骨相思。

诔奠之辞

无题（其二）

李商隐

飒飒东风细雨来，

芙蓉塘外有轻雷。

金蟾啮锁烧香入，

玉虎牵丝汲井回。

贾氏窥帘韩掾少，

宓妃留枕魏王才。

春心莫共花争发，

一寸相思一寸灰！

窗外细雨飘忽，隐隐雷声而过，

莲池暗香渺然，却早已寻不见故人踪影。

蟾形香炉传来阵阵麝薰气息，

向窗外看去，

有往来的人推车汲水，

井索叮当作响。

惊觉春色已深，我独坐闺房之内，

思念着我的意中人，却不知他如今身在何处。

想那韩贾二人，又想那曹植与甄氏二人，

只觉果然还是年轻人追求爱情的心思更加热烈。

嗟乎，春花一度盛开，转而荼蘼，

伴着相思朵朵燃成灰烬，

只是苦了我的一念春心，了无寄托了罢！

　　然而，最真挚的感情往往相同，谁人在读起义山之词时想到的不是自己所爱。当你读起"春心莫共花争发，一寸相思一寸灰"时，想到的可是那与春花一同消弭的感情？一个女子，独守空闺，思念着自己的心上人，殊不知，春色渐浓，自己的日子也越发难挨。不觉间，浪费了春光，也消磨了春心。独独望向窗外，只是卑微地期盼着意中人可以早早地了悟她的爱慕，与之共赏春色。

　　梦为远别啼难唤，梦啼妆泪红阑干。若是早早知道了女子的心思，怎还会有这些千古佳句流传下来，情殇总是令人难过心伤，却依然留有墨香。览过万里悲秋后，我随着他们的脚步走上一座桥，桥上是绿叶红花，桥下是流水人家。而他们带着我走过的那一座桥名唤大唐。遥远的一颗烁星，可是千年以前他们看的那一颗？心意相通便情谊相通，愿他们的心在千疮百孔的晚唐之中也是始终如一；而我们在千年之外，也懂得晚唐独有的华丽与奢靡，懂得他们的心思。

2019 届 8 班　付亦婷

梦回大唐——元白哀曲

漫漫历史长河里，曾经有过这样的才俊——他们重写实、尚通俗；他们的诗上至九十老妪，下至垂髫幼童，皆通其意；他们创新了文坛、改变了文坛，浓墨重彩的几笔惊泣鬼神。

他们便是展开新乐府运动的一群开拓者，而今天要介绍的便是其中的领军人物——白居易与元稹。今天，便让我们一起走进他们的世界，领略一番独到的诗酒年华。

香山居士

长恨歌（节选）

白居易

杨家有女初长成，养在深闺人未识。

天生丽质难自弃，一朝选在君王侧。

回眸一笑百媚生，六宫粉黛无颜色。

春寒赐浴华清池，温泉水滑洗凝脂。

侍儿扶起娇无力，始是新承恩泽时。

云鬓花颜金步摇，芙蓉帐暖度春宵。

春宵苦短日高起，从此君王不早朝。

……

七月七日长生殿，夜半无人私语时。

在天愿作比翼鸟，在地愿为连理枝。

天长地久有时尽，此恨绵绵无绝期。

曾有美人，羽衣霓裳，

回眸一笑，艳压粉黛。

亦有天子，绣龙蟒袍，

治国有道，圣明无双。

那年，华清池水尚温。

至此之后，终日丝竹悠悠，君王不再早朝。

……

曾记，硝烟战火席卷九州之日。

也记，蜀地夜雨轻落，

是谁难舍朝暮之情，泪洒青冢。

归来仍是故时的旧景，

只是那曾在花间起舞的婀娜身影，

早已香消玉殒。

自蓬莱仙宫俯视众生，

长安已隐，唯余烟雾。

下一世，我情愿不要那唯我独尊的天下，

如世间璧人，对坐烛影黄昏，就好。

一处别离，一声轻叹，几世惋惜。"在天愿作比翼鸟，在地愿为连理枝"这句诗，或许是对天下所有有情人的美好祝愿。长恨，叹那有情人阴阳两隔，再不相见。

《长恨歌》并非是一首讽刺唐玄宗沉迷美色，最终酿成苦果的讽喻诗，而是一支慨叹爱而不得的悲曲。在这首诗中，白居易更多关注的是皇帝作为一个"人"的情感。天子也是凡人，也会有凡人的七情六欲，得来比凡人容易，失去也比寻常的失去更令人伤怀。正是因为诗人在诗中体现的这种对于自由人格的关注和钟爱，这首婉转动人的诗歌才能流传千古，到今日仍能引起人们的共鸣。

微之威明

连昌宫词（节选）

元　稹

连昌宫中满宫竹，岁久无人森似束。

又有墙头千叶桃，风动落花红蔌蔌。

宫边老翁为余泣，小年进食曾因入。

上皇正在望仙楼，太真同凭阑干立。

楼上楼前尽珠翠，炫转荧煌照天地。

归来如梦复如痴，何暇备言宫里事。

连昌宫早已无人问津，
宫前的竹子早已无人打理。
蛇燕巢穴，香案腐朽，
驻足凝望许久。
感怀昔时光景，
却"物是人非事事休，欲语泪先流"。

贵妃曾住端正楼，

战乱光景流转，

人去楼空。

叹天喟地，

唯余两行清泪划过脸颊，

无语向天。

真真假假，假中有真，真假相衬，互相对照。他遭遇贬谪后，才接触到社会底层人民的生活，文中所写之处无一不体现了"物是人非事事休，欲语泪先流"的感觉。威明望着那早已不复昔日光景的连昌宫，心中的惆怅油然而生，一挥而就成此佳篇。

他心系国家，挂念的人上至帝王，下至卖炭老翁；他忧国忧民，对战争充满厌恶与无奈；他想阻止战乱，过上闲适、恬然的生活。

大梦初醒，却仍在那废旧的连昌宫旁……

他们写出过"曾经沧海难为水，除却巫山不是云""半匹红绡一丈绫，系向牛头充炭直"的佳句，自然也可以写出不一样的名篇来——他们的诗中出现过鼓声、号角声，出现过洗衣声、做饭声，出现过讨伐声、叫骂声，他们以绝美壮阔的诗篇，记载了千年以前的画面，至今犹自铭记。

若无元白二人发起的新乐府运动，若无以元白二人为代表的"元白体"，他们的新乐府运动影响了千年之后的我们，溯世回观，他们也依旧在我们的梦中永存。

2019 届 8 班　刘昕　卢诗盈　刘莹

梦回大唐——王孟禅诗

句句禅意，皆是人生的取舍，诗佛王维、诗星孟浩然的前尘往事早已埋在灰尘满布的似水年华里。他们的诗，你无法辨其真意，细细品来，却又不知是阳春白雪，抑或下里巴人。从他们的诗中，寻求一方净土，走进禅的世界。听，他们来了——

山居秋暝

王　维

空山新雨后，天气晚来秋。
明月松间照，清泉石上流。
竹喧归浣女，莲动下渔舟。
随意春芳歇，王孙自可留。

多少蓬莱旧事，空回首，
烟霭纷纷，
襟袖上，空惹啼痕。
中年丧妻，老而无子，人道四大悲事竟被王维占了一半。
空的并非山，
只是旁边佳人已逝，心就空了，
鼓瑟吹笙，琴瑟和鸣间，子虚乌有。

式微式微胡不归，

归家不似家，倒不如归去山林草木中，

说来心也不是空的，

只是悲代了已占满心的甜。

天色已暝，却有皓月当空，

群芳已谢，却有青松如盖，

怕是要迎来柳暗花明了吧，

古曰否极泰来。

摩诘惶恐。王孙来又归去，名位至又消散。山中自比朝中好，到底只有那夜静春山空才暂能得以"净""静""境"。而立之年，本将要为父，这等乐事拿宰相的职位也是换不来的。天地也！枉为天地。次次将他拖入深渊。而这次是将妻儿双双带去，毫不留情。这首诗是在诗人失去妻儿后所写，诗中虽无妻亦无儿，有的却是用"夜静春山空"对痛苦的暂时排解。既然天地要诗人一无所有，那么就索性什么都不要，只坐看山水，静观景致，求得心中片刻宁静。但诗人没有意识到的是，"空"的不过是"山"而已，并不是心。诗人的心灵无法放空，也注定无法得以平静。"味摩诘之诗，诗中有画；观摩诘之画，画中有诗。"不假，诗中亦有情。

夜归鹿门山歌

孟浩然

山寺钟鸣昼已昏，渔梁渡头争渡喧。

人随沙岸向江村，余亦乘舟归鹿门。

鹿门月照开烟树，忽到庞公栖隐处。

岩扉松径长寂寥，惟有幽人自来去。

白昼渐浅，钟鸣尽矣，

在那山寺深处，

是否也有贤者隐逸？

渔人争渡，惊起鸥鸦无数，

夜归鹿门，寻一方净土。

月光乍见，暮雾消散，

树影稀疏于庭前摇曳，

一路慨叹前生之仕途失意，

念曲径幽深，愁从中来，

可转身离去，望河湖松柏，

已是水光旖旎，烟波浩淼，

如此良辰，怎可辜负！

自此甘愿四海为家，寄情山水，

拂袖而去，衣袂翩然，

远离乱世，不群而归于颠沛，

心之所安，静心为禅。

雾霭迷蒙之处，隐去了尘世的喧嚣与浮躁的情愫。诗人以鱼梁渡头的纷乱冗杂，与寺中静谧安逸作比，似诉心中禅意。他忘情于竹林山水，淡泊世间名利，以豁达之心与庞公同游。松径之下的清闲幽寂，才是隐居之人毕生所求。傍晚与庞公居所的巧妙相遇，实则是对于庞公的仰慕和自比，也是孟浩然在田园生活中领悟到的人生真谛与乐趣。归隐的清闲自得，常年避世的孤独寂寥，只远远地看着那贤人在茕茕孑立中恬淡超脱。

千年以前的木鱼声悠悠晃晃地传到了现在，王孟的诗歌静心而戒躁，似浣纱女手中柔和的纱，若田园中唯美的云，如孩童口中甜腻的童谣。他们的诗歌总是让人一下子便被打动，继而四周祥和。这种神奇的力量源于他们心底的宁静，愿我们一样可以拥有这份源于本真的诗心禅意。

2019 届 9 班　王善怡

2019 届 5 班　狄可昕

梦回大唐——韩柳明道

　　你可曾想起过那"文以载道"的响亮名号，你可曾想起过唐代儒学史上那光辉灿烂的一笔，你可曾想起过那一场轰轰烈烈的古文运动，你可曾想起过破空而来的那两位大文学家？是了，便是韩柳，他们就这样来了。

　　他们的传世佳作清丽别致、似歌似梦，是文坛当中浓墨重彩的一笔，点染在了历史的长卷之中，令我们再难相忘。

听颖师弹琴

韩　愈

昵昵儿女语，恩怨相尔汝。

划然变轩昂，勇士赴敌场。

浮云柳絮无根蒂，天地阔远随飞扬。

喧啾百鸟群，忽见孤凤皇。

跻攀分寸不可上，失势一落千丈强。

嗟余有两耳，未省听丝篁。

自闻颖师弹，起坐在一旁。

推手遽止之，湿衣泪滂滂。

颖乎尔诚能，无以冰炭置我肠！

轻柔细碎，缠绵婉转，

激昂高亢，气宇轩昂，

白云悠然，柳絮飘荡，

百鸟喧嚣，名声谐和，

惊心动魄，

顷刻间，却又直落万丈深渊。

琴声阴阳刚柔，高低起伏、腾挪转折，

心境怎能不跟着跌宕起伏，沉醉其中。

莫说我七尺男儿，

怎会这般容易，泪沾衣襟，

这琴声飘然而来，又戛然而止，

无言、无言，唯有两行清泪。

沾湿衣襟，徒增悲伤罢了。

　　听琴而"起坐在一旁"——忽而站起，忽而坐下，又忽而站起，此刻我已顾不得对一旁的弹琴者有无干扰；仅五个字，便以形传神，我的情感如此剧烈变化，大概是那琴声的波澜迭起、变化百出所致。

　　只听琴声由高滑低，由低升高，最后再一落千丈，我一生中大起大落，跌宕不休，大抵也就如此罢了，不让颖师再弹下去，因为我已是"湿衣泪滂滂"。此曲只应天上有，人间难得几回闻。弹者无心，听者有意，原本是个不懂音乐之人，听完却泪湿衣襟。

渔　翁

柳宗元

渔翁夜傍西岩宿，晓汲清湘燃楚竹。

烟销日出不见人，欸乃一声山水绿。

回看天际下中流，岩上无心云相逐。

渔翁晚上倚靠着那西山，望着天边的云卷云舒，喝一口酒，叹一句这夜色妙，尽享安眠。

清晨，去山间的竹林，伐一节做瓢，汲取清澈的湘水，舀一瓢，仰头畅饮。以剩下的楚竹为柴做饭，自在无比。

太阳出来，云雾散尽不见人影。撑起岸边的扁舟，船橹带着水花从水中扬起时，透过水珠，山水仿佛又翠了几分。

回头望去，渔舟已在天边向下漂流，任由它去想去的方向。山上的白云啊，正在随意飘浮，相互追逐。远山，笑声浅浅。

河东先生的诗善于捕捉和表现变态百出的形象，气势雄伟，想象奇特。

苏东坡说他"所贵乎枯谈者，谓其外枯而中膏，似淡而实美，渊明、子厚之流是也"。

淡淡的文字，像湖水，越深越没有声响。

想采束苹花，却因官事缠身不得自由。忙于参与社交，结友纳朋，还未功成名就，却遇政治变革。被贬到荒远的潇湘，得了自由，破额山前，看美玉一般碧绿的江水向东而流；与三两相识饮酒，大树的阴凉刚刚好，即使是那些富比晋楚的人，恐怕也未必知道饮酒的快乐；或是在小石潭，作一散文，竹林清远，曲径通幽。可心里，确实因为官场失意的惆怅，无处排解。

他们悠悠地来，又幽幽地走，但他们给我们留下的却不只是背影。他们对于宏观磅礴的历史来说，只是一粒小小的碎石，落入了水中，却激起了一圈又一圈的涟漪，直向远方。

今天，这些涟漪呼啸而来，变成了积淀，垒起了中华文化这座宝库。

从最早的"文以载道"，到后来欧阳修的"道胜者，文不难而自至"和苏轼的"吾所为文必与道俱"，"古文运动"是他们立起的丰碑，也同样是中国散文发展史上一座重要的里程碑。"一年好景君须记，应是橙黄橘绿时"，愿我们一直铭记，自从遇见了他们，余生便皆是欢喜。

2019 届 8 班　卢诗盈
2019 届 9 班　张雨萱

梦回大唐——巾帼光辉

拂去岁月厚厚的封尘，你会想起的，是她们发髻高绾、青灯黄卷，还是温婉词句、飘扬墨香？抑或是，你会摹一张薛洪度那精致小巧的桃红色词笺，谈笑一段李季兰与陆羽、刘长卿等人的风流韵事，再叹一声鱼幼薇才貌兼得奈何红颜薄命……

她们虽为巾帼，却在诗人诗歌多如繁星的大唐中脱颖而出，闪耀着独属于自己的灿烂光芒。无须一字多言，只待诸君评断。

赋得江边柳

鱼玄机

翠色连荒岸，烟姿入远楼。
影铺秋水面，花落钓人头。
根老藏鱼窟，枝低系客舟。
萧萧风雨夜，惊梦复添愁。

杨柳翠色于荒凉岸边绵延，透过如烟柳丝，隐约见得远处高楼。入眼尽是草色山林，远岫朗润。树影铺洒湖面，随波摇晃，柳絮轻盈飘扬，落于垂钓老翁发间。树根深藏水底，自成一景，游鱼穿梭其间。

她来。

——身着桃红袄，鹅黄衣。雪白狐裘拥皓肤，衬靡颜腻理。双瞳剪水，丹唇瓠犀。蹀躞从容，上舟游溪。烟波浩渺，红莲水佩风裳。初日曈曚，天色泛凉。

她手采一莲，扬腕抛去，凝神视莲漂于水中央。她开怀畅笑，音如银铃远扬。她划舟归去，水波涟漪微漾。湖上停桡，竹笛沧浪，采莲高醉，松月际来。她夜半熄竹而卧，怎奈窗外雨声泠泠，惊起梦里翠微波澜。难寐，难寐，起身独坐至天明。长叹，长叹，眉间又添几分愁。

唐会昌四年，鄂杜，是她的起点。

她生于一落拓士人之家，父亲为她取名幼微，字蕙兰。她天性聪慧，才思敏捷。百篇名章诗词也能朗朗上口背诵。十岁那年暮春与温庭筠相识。时光荏苒，逐渐成长为亭亭玉立少女的鱼幼薇，初嫁于李亿为妾，而后被弃。她毅然选择去咸宜观出家，此后改名鱼玄机，但后因打死婢女绿翘，为京兆尹温璋判杀。旁人道她才容美，挥笔间诗句成行，又道命理不相配。一夕嫁与有妻夫，只余悔恨泪。如今独对夜挑灯，红颜早枯萎。

鱼玄机，鱼玄机，香消玉殒余玄机。

春望词

薛　涛

花开不同赏，花落不同悲。

欲问相思处，花开花落时。

揽草结同心，将以遗知音。

春愁正断绝，春鸟复哀吟。

风花日将老，佳期犹渺渺。

不结同心人，空结同心草。

那堪花满枝，翻作两相思。

玉箸垂朝镜，春风知不知？

薛涛（约768—832年），唐代女诗人，字洪度，长安人。自幼随父习字作诗，聪颖非凡。

独自一人赏味，花开又落，心中满溢的期待还未达成，渴望在这世间觅一知音，共赏庭前花开花落，然而春天已经悄然而逝，空剩鸟儿在枝头陪着我，一声声鸣叫。时光荏苒，容颜老去，漫长的等待终是一场空，我渴求的知音难寻，他终是没有与我相逢，看着手中的同心草，念着枝头娇艳的再开的花，数着指尖徒然流走的时光，春风可知我心意？

王建《寄蜀中薛涛校书》诗称道："万里桥边女校书，枇杷花里闭门居。扫眉才子知多少，管领春风总不如。"

薛涛的诗，不仅如世所传诵的《送友人》《题竹郎庙》等篇，以清词丽句见长，还有一些具有思想深度的关怀现实的作品。

封建时代的妇女，特别是像薛涛这一类型的妇女，是不可多得的。一介女子，处在思想封闭的封建社会中，却能心怀天下。薛涛年仅17岁时，在酒宴中，韦皋让她即席赋诗，薛涛神态从容地拿过纸笔，提笔而就《谒巫山庙》，诗中写道："朝朝夜夜阳台下，为雨为云楚国亡；惆怅庙前多少柳，春来空斗画眉长。"韦皋看罢，拍案叫绝。这首诗完全不像出自一个小女子之手。她的眼界不放在小情小爱上，而是在严肃地思考审视。她不围于自己狭小的天地，放眼到整个天下——"惆怅庙前多少柳，春来空斗画眉长"。别人看到的是朝朝暮暮、雨雨云云，她看到的是贪色误国、山河易主。有才有貌也许不算稀奇，难得的是有胸襟、有气度。

人们总是津津乐道薛涛与韦皋、元稹的两段爱情，这两段轰轰烈烈的爱情改变了她的一生，韦皋发现了她的才华，给了她一切，薛涛变成了人们口中的"女校书"，她不用再颠沛流离，不用再仰人鼻息，活得恣意而潇洒；待至中年，遇到风流倜傥的元稹，她终此一生最美好的爱情与时光都寄托在这位浪子身上，拥有一段轰轰烈烈的爱情。殊不知，这两人却也深深地伤害了她，同时也改变了她——韦皋看不惯薛涛的恃宠而骄，将她由官妓降至营妓，薛涛在现实中惊醒，她曾以为自己是自由的，但最后才发现自己不过是别人手里的玩物，随时都能被丢弃。为了挽回韦皋，她写下了十首著名的离别诗，差人送给韦皋。

文中字句太过谄媚，失却了她诗里原有的气节。但她却是无奈的，一个女子，想要在当时的社会中存活，必须有所依附，只是依附于人的姿态不同罢了，像一园盆景，"多被人剪去枝蔓，拗断筋骨，摆弄成喜欢的模样。只是有的血泪见得，有的见不得，深埋土底"。她将一腔爱意全部倾注于元稹，她忽然变低了，低到了尘埃里，她万分珍视这份爱情，却忘记了一件事——浪子的心，从来不会为某一个人停留，他注定漂泊，注定居无定所，注定心无所安，注定不会被情爱束缚。元稹与她的爱情，就在元稹一句"别后相思隔烟水，菖蒲花发五云高"中，无疾而终了。从此，薛涛隐居浣花溪旁，着上那女道服，制那薛涛笺，一生无伴到白头。曾经红颜如今白发，几度萧索在心头。宁可同春天一同老去，也不愿将就半分半毫。这就是薛涛。

相思怨

李 冶

人道海水深，不抵相思半。

海水尚有涯，相思渺无畔。

携琴上高楼，楼虚月华满。

弹著相思曲，弦肠一时断。

道女诗豪叹命薄，

遣怀佳作赠人多。

何心宛沾泥絮？

尚况此生波粼无度，

疏忽跃然广陵，

纵澜抿夹双霞，

形气雄而泛婉。

诗意漾云心春心，

云心载鼎罄，

春心付海棠。

相思无语相思伴，

日月有情日月歌。

　　总道是海深，然则深又何其深，可堪掩遮绯色？未然未然，抵不上相思之情的一半。眺海水无头但终有涯，而我绵绵之情呢？

　　渺渺无畔。飘荡飘荡，怅怅欲何之。

　　携琴独上高楼，月光华美迷离，我却虚度着光阴。勾弦弄琴奏着相思曲，音韵缠绵交织在指尖，曲终，弦肠断兮。

　　遥看楼宇上接青天，满天满地的月光笼罩下，楼宇似瑶台。女子倚楼挑琴三两声，忧思就携着楼宇下的江水绵延直入虚空。倏忽，弦断音裂，思情切切，再也弹不下去了。曲散肠断，这女子，抚琴独坐，轻托腮偏头眺向远方，她看到氤氲中隐约的孤鸟，眉渐渐蹙成两座耸峰，不自觉拽出手帕攒叠各种愁思，眄一眼孤鸟又叹一口气，神情萧索，黯然良久。

"海水尚有涯，相思渺无畔。"这种言尽意未尽的姿态，最是切人肺腑。

一片白云青山内，一片白云青山外。青山内外有白云，白云飞去青山在。我有一片心，无从对君说，愿风吹散云，诉与天边月。莫谈情话，只言风月。

2019 届 8 班　刘　莹

2019 届 9 班　刘思诺

2019 届 10 班　王厅烁

梦回大唐——阴晴雨雪

　　阴晴雨雪，无非是天气的几种变化，但是它们却仿佛表征着大自然的想法和喜怒哀乐。在唐人的诗当中，阴晴雨雪仿佛已经成了人们抒发愁闷等情感的一支笔，在纸上描绘着动人的色彩。翻开一卷卷泛黄的诗集，唐人心灵的阴晴雨雪，在我们眼前慢慢地铺展开来。

壹：阴郁时局下阴郁的天

即　事

韦　庄

乱世时偏促，

阴天日易昏。

无言搔白首，

憔悴倚东门。

　　这是乱世大唐，这里是古都长安。诗人韦庄孤守在自己的柴门之外，看着自己心爱的王朝一点点覆灭，一种巨大的悲戚淹没了他的心。

　　诗人从他的悲戚之中抬起头来，凉风叫醒了他。他仰头看了看古都的天。灰蒙蒙的，不具有一丝生气，好像处在弥留之际的人的瞳孔，无比的空洞而死气沉沉。

不止韦庄，其他的诗人也对阴天有着自己的感慨。"千古伤心汴河水，阴天落日悲风起"是李涉在漫天硝烟卷济之中的哀叹；"阴天寒不雨，古木夜多猿"是发自诗人戴叔伦内心无处排遣的郁闷的喟叹。

回荡在唐人多愁善感的心灵旷野上，这一抹阴郁的灰虽然最不起眼，却撑起了唐人最多情的一面。

贰：晴天下的愁思

秋　词

刘禹锡

自古逢秋悲寂寥，

我言秋日胜春朝。

晴空一鹤排云上，

便引诗情到碧霄。

这里是空山新野，是诗豪刘禹锡的家。秋天已经来临了。

诗人穿着青袍，足蹬一双布鞋，拄一根木杖，步出柴门之外。他的脸庞已渐渐消瘦下去，颔下的几缕胡须因此显得格外扎眼。

他正痴痴地望着天空，今天的天空是多么晴朗，多么湛蓝清澈啊。他觉得这在别人口中悲切寂寥的秋，竟是那么的美丽而富有生机。你看那高高的天上的老鹤，不也像自己一样努力地向上吗？这不燥不热的时候，不也正适合舒展自己的老筋老骨吗？这么想着，他觉得诗意倒是盎然了，又拄着杖，一步一步慢慢地走回那茅屋当中去。

晴天，总是能勾起人们心中的美好。不止诗豪，李商隐笔下的

《晚晴》亦然。"天意怜幽草，人间重晚晴。并添高阁迥，微注小窗明。"一派祥和天光，一只晴空飞鹤，便将伤春悲秋的情怀一扫而尽。

叁：江南细雨中的思念

春　雨

李商隐

怅卧新春白祫衣，

白门寥落意多违。

红楼隔雨相望冷，

珠箔飘灯独自归。

远路应悲春晼晚，

残宵犹得梦依稀。

玉珰缄札何由达，

万里云罗一雁飞。

这是江南的某个草屋，是李商隐的居所。窗外又下起绵绵的细雨，有些惆怅，有些甜蜜。一切都在春雨的晕染中。

诗人的笔停在了有些泛黄的纸卷上，一点愁绪凝住了本应舞动的笔杆。他在思念那个身在远方的人。他的心有了点点波澜。

夜，更加寂寞了。昏黄的灯火在窗纱下显得格外朦胧，诗人眼前也有一些模糊了。他忽然感到内心有一点寒冷，这并不是窗外的雨所带来的。他知道那是思念的滋味。他慢慢写着，把自己的愁绪都慢慢地注入那一个个精美的汉字当中……

"君问归期未有期，巴山夜雨涨秋池。""红楼隔雨相望冷，珠箔飘灯独自归。"李商隐带着他的气质，带着他一贯拥有的红楼梦式的风情万种，徘徊在晚唐的雨巷里，就像一枝沾满雨露的雏菊，淡雅而不妖艳，美得恰到好处。

肆：大雪满天中的悲怆

北风行

李 白

烛龙栖寒门，

光曜犹旦开。

日月照之何不及此？

惟有北风号怒天上来。

燕山雪花大如席，

片片吹落轩辕台。

幽州思妇十二月，

停歌罢笑双蛾摧。

倚门望行人，

念君长城苦寒良可哀。

别时提剑救边去，

遗此虎文金鞞靫。

中有一双白羽箭，

蜘蛛结网生尘埃。

箭空在，

人今战死不复回。

不忍见此物，

焚之已成灰。

黄河捧土尚可塞，

北风雨雪恨难裁。

诗仙李白愤怒了。

他看到了一位幽州贫妇独立寒门，北风撕裂了她的歌声。多少年前，她的丈夫提携玉龙入深山，去到了边疆戍守。她曾为了他苦苦等待，可是战乱却将他从她的身边无情地夺走。

北风呼啸着，带来冷冰冰的雪。它们一点点流向他的内心。于是，他看到了这个世界的残忍。他泪流满面，情郁于身。

浩然之间，我们仿佛看到诗人手握长剑在冰峰雪岭之中舞动切割，炽热的泪水与汗水洒落在厚厚的白雪之中，留下了点点烙印。大雪染上了他愤怒的颜色，他在中晚唐鳏夫寡妇的一片哭声之中渐行渐远。

雪，往往与孤苦愤慨联系在一起。"北风卷地白草折，胡天八月即飞雪"，这是岑参对于边塞将士的忧虑；"云横秦岭家何在，雪拥蓝关马不前"，这是韩愈对被贬他乡的愁绪和愤懑；"孤舟蓑笠翁，独钓寒江雪"，这是柳宗元对政治失意的郁闷苦恼。当冰清玉洁的雪从天上慢慢飘下，唐人的心也渐渐充满了思绪和情感。

黄河捧土尚可塞，北风雨雪恨难裁。

一年四季，阴晴雨雪无时无刻不在伴随着我们。它们不只是简简

单单的天气现象，它们是诗人的小友。它们高唱着诗人们深隐在内心中的情怀。他们让诗人的文章变得多彩。也正是诗人们的生花妙笔，让它们可以流传千古，为我们所知所识。

2020 届 9 班　　王一哲

梦回大唐——春夏秋冬

春夏秋冬，本是四季的变迁，但他们却如同带着诗人的情怀、应和着万物的鸣唱，孤风携其掠过了高山与阔海，沁入后人的心田。在大唐的繁荣盛世之中，不少文人才子，执一神笔、叙一幽情。在纷乱的后世，遗留芬芳。在他们心尖上的春夏秋冬是瑰宝，亦是情怀。

春

钱塘湖春行

白居易

孤山寺北贾亭西，
水面初平云脚低。
几处早莺争暖树，
谁家新燕啄春泥。
乱花渐欲迷人眼，
浅草才能没马蹄。
最爱湖东行不足，
绿杨阴里白沙堤。

在宁静祥和的杭州，春日的钱塘湖畔，嫩草和楚楚动人的繁花复苏。许是一天君子兴致，行至孤山寺北，贾公亭西，他举目远眺，只见水面涨平，白云低垂。在湛蓝的天空中，几许斑白点缀，好不相宜。蓝天蠢蠢欲动，掷下初春的光芒，顺着新起的柳枝，映射着黄莺的多姿。

君子忽视身旁，惊然发现在平坦的白沙堤上，花儿虽艳丽却不整齐，小草虽青葱却不高挑，为何？他凝视着杂乱的马蹄印，恍然大悟。西湖上骑马游春的风俗极盛，连歌姬舞伎也都喜爱骑马赏景。

原来春的魅力不止吸引了他的目光，恰如"日出江花红胜火，春来江水绿如蓝"。君子对春天的爱，自是不能仅用言语表达出来的。春之悸动吹来了如香山居士一般众多的倾慕者，在这充满期许的季节里，泛起层层涟漪。

君子回首始见美景，盛世婉转终道佳话。

夏

夏日南亭怀辛大

孟浩然

山光忽西落，
池月渐东上。
散发乘夕凉，
开轩卧闲敞。
荷风送香气，
竹露滴清响。
欲取鸣琴弹，
恨无知音赏。

感此怀故人，

中宵劳梦想。

夏日炎炎，诗人苦苦等待，终在黑夜降临之际，赢得些许清凉。宽衣解带，只身一人敞轩悠适卧于床，独自感受着夏夜的宁静。忽一清风掠过鼻尖，荷花清香与之相伴，起身追随，在深夜欲奏一曲与之融为一体。可怜夜已深，辉煌已褪色，知音却不在。

诗人抽袖而起，不得见眼前之美景，景越深越美。只恨眼中泪已落，再不起缱绻之笑意。小可凝望远方，亦如伯牙子期一般，善听者不在，伯牙绝弦。在此世，只求遇一知音。如今，只遗余一凉思。又一清风徐来，吹散了思绪。众生灵早已入眠，此情此景，唯一人独享。柳枝低垂，于黑夜冥冥之中随风摇曳，恰似女子身姿之婀娜，令人沉醉。

"诗圣"杜甫在《夏夜叹》中亦提及："仲夏苦夜短，开轩纳微凉。虚明见纤毫，羽虫亦飞扬。"原来夏天不只有苦闷，亦有傍晚清凉的愉悦，以此才能解深夜之惆怅。

深夜清爽衬夏日，幽黑思念映真情。

秋

秋下荆门

李　白

霜落荆门江树空，

布帆无恙挂秋风。

此行不为鲈鱼鲙，

自爱名山入剡中。

秋来霜下，木叶零落。万物的奚落，更体现秋天荆门的宽广、清净。诗仙乘舟过荆门，就意味着告别了巴山蜀水。他意欲饱览祖国山河，怀着对锦绣前程的憧憬，对新奇而美好的世界的幻想，他热烈地追求理想中的未来。

正如顾恺之写信给殷仲堪说："行人安稳，布帆无恙。"李白愿自己一帆风顺，畅赏美景。山明水净，天地清肃，寥廓高远，而无萧瑟衰飒之感，他也好似这水墨画中的一份珍馐至宝。

"自古逢秋悲寂寥，我言秋日胜春朝。晴空一鹤排云上，便引诗情到碧霄。"刘禹锡对秋天的热爱同样十分热忱，一只仙鹤冲破云霄，恰如插翅的希冀刺破黑暗，向着理想与自由翱翔。在这清素的秋日，充斥着浪漫与积极。

秋高气爽携期许，盛世骄子随自由。

冬

江 雪

柳宗元

千山鸟飞绝，

万径人踪灭。

孤舟蓑笠翁，

独钓寒江雪。

寒冬来临，众生灵似沉睡一般，淹没了声息，万物没了踪影，四周毫无生迹可寻。世界均为一场骤雪所倾覆。眼前一片白得过分的厚雪连接了天地，柳宗元的心境虽是看似一片空白、毫无起色，却是难解惆怅、令人悲悯。

可转念一想，天地之间如此纯洁、寂静，一尘不染、万籁无声。渔翁的性格也如此孤傲。是了，纵使仕途失意，处于极寒之境，也不应选择妥协。他抽身于世俗，恰似王安石笔下"墙角数枝梅，凌寒独自开"。孤傲自洁的梅花不染世事，为我自清。

梅花也好，寒冬也罢，均为君子。有着出淤泥而不染般高洁傲岸的心性，又有"大雪压青松，青松挺且直"的坚毅品格。冬季，并不悲苦，它练就了君子。

四季如歌，早已烙印丁心。春夏秋冬不仅只是四季，更是我们寄托情感的圣地。那氤氲多情的空气也流于后世，在后人的心扉中绽放得淋漓尽致。它将感情承载传递、将文化继承引领、将人们聚集教导，亦会在未来某一时刻将我们的故事伴随着二十四节气讲述给未来的人们。

2020 届 7 班　常欣悦

梦回大唐——天道物语

"春雨惊春清谷天，夏满芒夏暑相连，秋处露秋寒霜降，冬雪雪冬小大寒。"

一年，四季，十二节，十二气。

你抬眼，望向天空中骄昂的红日；你低头，在纸上描摹出了它亘古不变的运行轨迹。你驻足，观赏到在时间推移下不断变化的一花一叶、一草一木；你侧耳，倾听着这由古人发出，又历经漫长岁月流转而沉积下来的，那声声呢喃着、低吟浅唱的——天道物语。

春

观田家

韦应物

微雨众卉新，一雷惊蛰始。

田家几日闲，耕种从此起。

丁壮俱在野，场圃亦就理。

归来景常晏，饮犊西涧水。

饥劬不自苦，膏泽且为喜。

仓廪无宿储，徭役犹未已。

方惭不耕者，禄食出闾里。

一声春雷，惊醒的并不只有伏土的蛰虫。

微雨润醒了沉睡的百草万物，也拉开了农家忙碌的序幕。

他们的生活虽然贫苦，却容易满足。他们相信田埂间扬起落下的锄耙，正挥舞着一年的希望。

漫长的冬天消耗掉了粮仓中本就不多的余粮，官府无度跋扈的徭役依旧压迫着农民们困苦又似乎早已麻木的身体和神经。没有人看到吗？只是没有人感受到吧。

他望着眼前数年如一日的平凡景象，在心中发出这样的慨叹。

他虽为官者，却心系于民，也感恩着这些用汗水浇沃着每一寸土地的人。

不只看到，不只感受，而是一字一句将他们用文字描摹在纸上，刻印在哪怕千百年后的我们的心上。

"一候桃始华；二候仓庚鸣；三候鹰化为鸠。"此一时，万物出乎震，震为雷，故曰惊蛰。

仲春选择以这样的方式轰轰烈烈地出场，一如生命之初本该具有的朝气与活力。这是天道的鼓声，它敲开了万物的灵动，亦是敲碎了那些陈旧平庸的妥协与压迫。

它要敲出一年中最为激昂慷慨的生命之歌。

夏

竹枝词

刘禹锡

杨柳青青江水平，

闻郎江上踏歌声。

东边日出西边雨，

道是无晴却有晴。

她坐于江边，渺小得如同这繁华市井中行色匆匆，又左右奔忙的每一个人。

他立于江面，飘忽得如同那广阔江水上悠扬婉转，却顷刻将散的袅袅歌声。

哪怕跨越过层层的波光，她仍是捕捉到了他——那令她曾魂牵梦绕、令她此刻心潮难平的声音。

她对他的想念与爱恋，早已在骨血中肆意地生长，一如那江边的杨柳，已是成熟为一片青青翠色。

而当她的感情正如晴空般一览无余时，他的态度仍是似阴似雨，难以捉摸。可聪慧如她，又怎能没有看出，在那一片雨云的遮掩下，骄阳正盛呢？

欲问情或晴？只盼情可晴。

"一候鹿角解；二候蝉始鸣；三候半夏生。"此一时，阴气生而阳始衰，昼极长且夜最短，故曰夏至。

夏天来时，已不似仲春那般懵懂莽撞，它委婉又热烈，温柔而狂野。它像情人间喃喃低语般，将那一份绵绵情意播撒向万物，使其长势越盛，一如太阳的光辉——它在这一天终于登上了极致的顶峰。

秋

月夜忆舍弟

杜 甫

戍鼓断人行，秋边一雁声。

露从今夜白，月是故乡明。

有弟皆分散，无家问死生。

寄书长不达，况乃未休兵。

"咚！咚！咚！"更鼓声震落了几滴草木叶片上的盈盈清露，也震碎了无数人本该安逸美满的生活。

孤雁久久地徘徊在上空，哀鸣声不绝于耳。大抵也是在为战争中的逝者哀悼感伤吧。

明明是同一轮月亮，为何只有家乡的才更显明亮？而一母同胞的兄弟手足，为何又偏偏要天各一方、离散难寻呢？

战争的炮火早已让这片土地满目疮痍，同时秋日的萧索也无情地攀附上了这里。

唉，又是两行清泪伴着叹息落地。

没有谁能够预料到上一次的见面会不会成为永别，没有谁能够知晓寄出的书信最终会到达何处。国将不国，家又何存？ 那一滴露水落在地上，啪的一声，分崩离析。

"一候鸿雁来；二候玄鸟归；三候群鸟养羞。"此一时，水土湿气凝而为露，秋属金，金色白，白者露之色，而气始寒也，故曰白露。

秋日连接着炎热的夏与寒冷的冬，露水也同样连接着微热的昼与渐冷的夜。

作为过渡者，它们在一年四季中扮演着起承转合的角色，却不免常常被冠以寂寥凄清的意味。但这世间万物本是无情，观者悲时便悲，喜时则喜。

而此时的露水笑意盈盈，不置可否。它在式微的旅途中仍是昂首，任由感慨评断。

冬

小 雪

戴叔伦

花雪随风不厌看，

更多还肯失林峦。

愁人正在书窗下，

一片飞来一片寒。

一人，一窗，一壶酒。雪花纷飞，故人未归。

他是孤独的吧，屋内凄清，屋外更是"落了片白茫茫大地真干净"。

此时的他，独倚寒窗，望着那一片片美极也哀极的雪花在空中兀自飞舞，竟是久久地失了神。

他半生漂泊，一如那随水而逝的花、随风而落的雪——无凭无依，哪怕遭陷害诬告，也只得任人摆布。

他懂雪，他亦相信雪是懂他的。

都道是：琉璃易碎，彩云易散。这漫天的雪景，同样的，美则美矣，凄则极凄。

年华已逝，光阴难追。只剩他一人，与雪对坐，相看两不厌，在小雪这一天，于诗句中刻画出了这幅流传至今、永不幻灭的图景。

"一候虹藏不见；二候天气上升地气下降；三候闭塞而成冬。"此一时，雨下而为寒气所薄，故凝而为雪，小者，未盛之辞，故曰小雪。

冬日天寒地冻，刺骨之冷在小雪的引荐下逐渐崭露头角。

它似一首催眠曲，不急不缓地拖住万物疾驰狂奔的脚步，让其享受梦的安稳。它抚上一把开启冬天的钥匙，在门口为你洗去一年来沧桑的尘土。

它为一年的终结拉开了序幕。

2020 届 7 班　王依丹

梦回大唐——光影色韵

"一点飞鸿影下,青山绿水,白草红叶黄花。"

揉碎花盏下笔迟,谁为这五色轮又失了心智。以色起兴,如画之泼墨与留白,植绿点红付耕耘,陡起引人入神悦之境,是光之子的恩赐,才能将这永不褪色的花花世界唱之如歌、藏之如画、作之如诗。

江南春

杜 牧

千里莺啼绿映红,

水村山郭酒旗风。

南朝四百八十寺,

多少楼台烟雨中。

千里江南,莺歌燕舞,掠过南国大地留下娇羞的美人掩面躲在绿障之后。依山的城郭与潺潺流水若隐若现,倒是那村头遍地的酒旗迎风摇曳,分外惹眼。这千里,暗换红尘与清浅,私藏陌上春如玉。屋隅一角遮不住春雨打散花魂的香韵,香烟缭绕的寺庙悠悠梵唱,终年面面相觑于那不尽风尘的亭台楼阁,不觉枯荣。

南方色也,从大从火,凡赤之属皆从赤。这"红",是"山桃红花满上头,蜀江春水拍山流"肥了花枝的春影,是"蓬莱正殿压金鳌,红日初升碧海涛"的露水晨昏，是"红豆生南国，春来发几枝"的一如万千的相思。

送友人

李 白

青山横北郭，白水绕东城。

此地一为别，孤蓬万里征。

浮云游子意，落日故人情。

挥手自兹去，萧萧班马鸣。

天穹高迥，青山依旧。翠色的重峦横亘在外城之北，波光粼粼的流水绕城东潺潺而行。你独自一人将踏上这万里之外的征程，此地一别，未有归期，不问未来，任意东西。你若浮云飘忽不定，我若落日久衔远山。萧萧长鸣，我自当挥手送别，期来日。

东方色也。木生火，从生丹。丹青之信言象然。这"青"，是"两岸青山相对出，孤帆一片日边来"，自由洒脱又富丽；是"郎骑竹马来，绕床弄青梅"，总角之交的无猜；是"穷且益坚，不坠青云之志"的远大抱负。

雁门太守行

李 贺

黑云压城城欲摧，甲光向日金鳞开。

角声满天秋色里，塞上燕脂凝夜紫。

半卷红旗临易水，霜重鼓寒声不起。

报君黄金台上意，提携玉龙为君死。

　　黑云密布，任他千军万马如泼墨，不留这片土地一丝空白。风云变幻，一束耀目而奇诡的金光顺着指天之剑落在将士甲衣上。万木摇落，一片死寂。角声鼓噪而前，步步紧逼，硝烟弥漫，不分昼夜的战场渲染着大块胭脂般鲜红的血迹，凝结着夜雾变幻成遮人耳目的紫。

　　偃旗不掩易水红，宵寒露重起，战鼓声无息，向死而生，愿站在这黄金台上提我之剑、以我之名、铭君之意、刺国之敌。

　　北方之色，从囱从炎。火烧烟熏之色也。这"黑"，是"俄顷风定云墨色，秋天漠漠向昏黑"，忧心忡忡的苦楚，是"黑山南面更无州，马放平沙夜不收"，风沙漫天的战争，是"一方黑照三方紫，黄河冰合鱼龙死"，生命消亡的至冬。

月夜忆舍弟

杜　甫

戍鼓断人行，边秋一雁声。

露从今夜白，月是故乡明。

有弟皆分散，无家问死生。

寄书长不达，况乃未休兵。

　　路断行人，戍鼓雁声，耳目所及，一片荒凉。夜深之际，露凝而白，抬头仰望这天下同一轮盈盈可见的明月，却不觉半分比得上故乡的明亮。兄弟们无处可寻，天涯海角到哪里去探求生死？在这烽火连天的日子里，书信不达，牵挂无处可安，手里的字迹早已模糊，想来，不过是思念的缘故。

西方色也。阴用事，物色白。从入合二。凡白之属皆从白。这"白"，是"北风卷地白草折，胡天八月即飞雪"，边塞苦寒的坚韧，是"白日放歌须纵酒，青春作伴好还乡"，大地勃然的朗空，是"白云一片去悠悠，青枫浦上不胜愁"，飘忽不定的离愁。

2020 届 9 班　解坤冰

岁时有你——立夏

　　从立夏开始，我和同学们开展了"和你，共度岁时"语文"观读写"活动，观察我们身边的人、事、景、物在每个节气的不同样态，阅读相关的文学作品，写下我们的所见所闻、所思所悟。

　　古人五日为一候，三候为一气，六气为一时，四时为一岁，每时每气皆有一样的物候。天地万物所有约定，都是注定；所有相约，都是旧约。

　　山在，水在，四时不老，天地长存；心静，心诚，一期一会，珍重岁月。这二十四个节气，我们一起走过，有草木，有诗文，有你我。

——吕静副校长

　　"斗指东南，维为立夏，万物至此皆长大，故名立夏也。"此日，我们告别春天的温暾，走向夏日的热烈。

　　想来三年的相处时光，至今只剩下 24 个节气可待。我们以立夏为始，来年亦以立夏为终。当我们再走过一次冬夏，就要各自奔天涯——而我们，聚是一团火，分散就是满天星。

　　所剩时间越是短暂得可以计算清楚，就越是多了珍惜，不敢再肆

意挥霍。时间总会过去，若以节气来计算时间的流逝，总是多了一些与外物的勾连，也就多了一份温情。

那一年的处暑，你们走入了我的生活，相遇是我从书页上移开目光，抬头对视的含蓄一笑；相知是我们朝夕相处的军训，贴近彼此的欢笑。到冬至，你们已成了我的生活，一起挨过骂，一起旋转红色的裙袍……今日立夏，你们是我最难以割舍的，还有更多美好的事情等待我们一起完成。在人生的初夏遇到年华正好的你们，只愿年年有今日，岁岁有今朝。

春生夏长，如果人生也有四季，那有幸在初夏时节，我们重叠了人生轨迹。一起经历的日子是我们年华中最耀眼的片段：去年此时，我们一起走过敦煌的黄沙漫漫，把历史的厚重融入年轻的生命；今年立夏，我们将在成都的街头走一走，把关于青春的期待变成一次远行；来年今日，我们将为了一个蓄势三年的梦想拼尽全力，在阳光下陪伴彼此奔跑向前。岁时有你啊，最亲爱的八班，最可爱的同窗。某日，立夏时节的风拂过你也许不再年轻的面庞，你是否还会想起今日的我们？

每一年的立夏时节总是如约而至，带来夏天，却也带走青春的时

光。总有一年立夏，我们猝不及防地长大；总有一年立夏，我们悄无声息地老去；总有一年立夏，世界上已无我。这是万物如常的规律，却不该是放任悲伤的原因。今年立夏，我亦是初夏时节的少年，热爱文字、音乐、生活，向往明天、远方、世界，不甘庸俗、不愿低头；唯愿每一个立夏时节，老去的只是皮囊，不变的是内心永远留存的此间少年。

　　立夏，一个从千年雾霭间走来的节气，赋予我们的不仅是时间的意义，更让我们懂得成长、明白珍惜。"凡物之壮大者而爱伟之，谓之夏。"岁时有你，有我。

指导教师｜吕静　邓琳

2019 届 8 班　郭滢辰

岁时有你——小满

　　这是一个夏熟作物的籽粒开始灌浆饱满的时节，但还未成熟，只是小满，还未大满。"四月中，小满者，物致于此小得盈满。"小满虽不是作物完全成熟之时，但若此时不给天地蓄满水，便不可能丰收。

　　我们一起度过了懵懂的高一，去过大漠孤烟直的敦煌，一起感受过丝绸之路的壮丽，又一同在这个时候，来到了天府之国四川。在成都阴雨绵绵的小巷子里，我们一同漫步，仿佛这条巷子永远也没有尽头。我们一起在雨天共打一把伞，攀登峨眉山，也一起在三苏祠和杜甫草

堂，瞻仰先人的故居……如果不是因为你们，这一切，都将变得多么索然无味，黯然失色。在这个夏天刚刚到来之际，比起树梢上潮湿的季风，我更想留住的，是你们。

年年有余，周周复始，但每一年却因为有你们而变得有趣。感谢相遇，珍惜陪伴。

如果不是在小满时做好充足的农事准备，为稻田蓄满水，为粮食翻好土，便不可能丰收。如果没有你们，那高中的每一个时段，便也黯然失色，没有了色彩。成都留给我的印象，不只是静谧幽深的宽窄巷子，不只是街头的美食，也不只是先人的故居和博物馆的展物，还有镜头前笑得如夏花般绚烂的你们。

随着我们逛完锦里的巷子，游学之行也告一段落。也许多年后的我们不再会背《阿房宫赋》《出师表》《国殇》，但我们仍会记得，在夏季潮湿季风掠过树梢时，我们共同体味着，不一样的夏天。

指导教师 | 吕静　邓琳

2019 届 8 班　卢诗盈

岁时有你——芒种

时　雨

陆　游

时雨及芒种，四野皆插秧。

家家麦饭美，处处菱歌长。

芒种，标志着时序已进入仲夏，暑气中浸润着湿气。芒种忙种，可收可种，预示播种希望，收获喜悦。

芒种节气，民间有送花神的传统习俗，即饯送花神归位，同时表达对花神的感激之情，盼望来年再次相会。芒种来临，百花失色，但若你细心，仍会发现在这仲夏盛开的花。

六月往往伴随着毕业来临，也有一种花，通常在毕业时被我们提起——栀子花。"栀子花开，so beautiful so white，这是个季节，我们将离开。"洁白的花苞带着些青青绿绿的颜色旋转着打开，无处不蕴含着青涩懵懂、含蓄、羞怯，又纯洁地让人不敢亵渎。"家至万株，望如积雪，香闻十里"，这是唐朝的《四川志》中对栀子花的描述。烂漫朴素，平易近人，就好像一个言笑晏晏的女孩子，一身白裙，黑发如瀑布般披散肩头，回眸一笑，让你的心尖漾起圈圈涟漪。栀子花大概就是学生时代那青涩的模样吧，纵使多年以后再看，花瓣虽枯萎凋零，却仍有一股

给雨薇. 为芒种

入夏来的第三个节气，遇见你的第三个
年头，青春中的第一次远行。

此日芒种，我种下一颗年轻的梦，
关于一切美好的向往。
来年今日，梦会结成一簇天边的云，
一朵云中的鸟，一阵风振翅而来

的风，一片用风撒过的
叶，一抹叔时阴影下的
你的微笑——那是我们
故事的尾声，也是另个故
事的序曲。

自：青叶底 咕噜底
2016.6.4

芒种时节，愿我的今年播下努力，明
年收获成功；今年播种希望，明年
收获辉煌。♥

——酸 岁时有你

岁时有你. 许沛盈

春闻惜春清谷天，夏满芒种暑相连。秋记初学自
然地课时来，课堂上读到的节气诗，如今竟已走
过所有春，迎来芒种。
春日里，我们背后下许多照片，照片中是树叶与桃
花。布置过几篇送于春日的文章，课念春这个季节的
真实性。自身日起，芒时有你。芒种，是丰收和播种
的节气。高三学们正等待最后一博，等待丰收的表达，
而我们则是播种者。明年今日，已不再是桌椅们的
高考，而是我们的来往。
时间之流滚滚东去，珍惜这一年当时吧，陪伴这
年一份的朋友也。直待芒种又到，来日丰收。

钱宇

一月樱花，盛夏风景，海子矛时雨

By: Led

岁时有你.
成就... 今日芒种，
收获... 今日播种...

我的梦

芒种时，你我同在。
盛夏的时光不觉早已被彼此铭记。
当某天，再次忆起，
青春的日子如此真切仿佛近在眼前。

李文琪

余香萦绕鼻尖。

生活在我家胡同附近的孩子，每到仲夏，总会看见一抹或浅粉或深粉的颜色。那就是蜀葵。唐朝诗人陈标曾作《蜀葵》，诗云："眼前无奈蜀葵何，浅紫深红数百窠，能共牡丹争几许，得人嫌处只缘多。"蜀葵，直立草本植物，高可达2米，花呈总状花序顶生单瓣或重瓣，有紫、粉、红、白等色。本是一种再普通不过的植物，随处可见，却每每能吸引住我的目光。花的颜色由内向外逐渐变浅，有些花朵还会有一整圈白色的花纹。蜀葵的花语是"梦"。很小的时候，祖母曾告诉我，"蜀葵花开那天出生的孩子会是个爱做梦的孩子，他们幻想自己生活的就像小说情节般高潮迭起，精彩绝伦。其他的孩子若有解决不了的疑问，向蜀葵花神提问，花神会在当天将答案通过梦告诉他们"。

六月上，凌霄花开，去年今日是我们毕业之时。凌霄花是十五初中部在我心中的样子，生机勃勃，如凌霄花的颜色一般动人、明亮。花若喇叭状，吹出十五学子的鸿鹄之志。

又是一年大考时，愿高三的同学们放松心态，高考顺利。无论你们以后飞去这个世界的哪一个角落，十五中初中部永远是你们的港湾和坚实后盾。一切平安，万事顺意！

时光既然留不住，那便珍惜。

最后的一年我们携手，走过岁时，留住回忆。

指导老师｜吕静　邓琳

2019 届 8 班　张雨濛

2020 届 9 班　葛昀缇

岁时有你——芳草脉脉

"一候鹿角解；二候蝉始鸣；三候半夏生。"

夏至。

若不是桌角日历上，以朱笔做了醒目的标注；若不是有着二十四节气的小文要写，怕是会如过去的十几年一般，视若无睹吧。遗落了初相识的温度，只觉得眼前的光阴越来越快，脚步一赶再赶，辗转匆忙，已然是盛夏。芒种刚刚煮了青梅，夏至来临，在已尽的春种和未至的秋收之间，它是一个短暂的停顿。

一年中每个日子都有花绽放，即使是在花开到荼蘼的夏至也是如此。

叶落彼岸，花开荼蘼。彼岸花，花开彼岸，花开时看不到叶子，有叶子时看不到花，花叶两不相见，生生相错。

彼岸花在中国被叫作金灯、赤箭或者无义草。最早见于唐代段成式所著的《酉阳杂俎》卷十九："金灯，一曰九形，花叶不相见，俗恶人家种之，一名无义草。合离，根如芋魁，有游子十二环之，相须而生，而实不连，以气相属，一名独摇，一名离母，言若士人所食者，合呼为赤箭。"

夏秋之交，花茎破土而出，伞形花序顶生，有花5—7朵，红艳奇特（除红色外还有白色品种），花瓣反卷如龙爪。先开花后长叶，冬天叶子不落，夏天叶落休眠。由于花和叶子不能见面的特性，因此才有了上文中所谓的"无义草"之称。

荼蘼，一种蔷薇科的草本植物，往往盛夏才会开花。因此人们常常认为荼蘼花开是一年花季的终结。

　　苏轼诗云："荼蘼不争春，寂寞开最晚。"

　　王琪诗云："一从梅粉褪残妆，涂抹新红上海棠。开到荼蘼花事了，丝丝天棘出莓墙。"

　　这每一句诗文，都是对这夏天最后一抹花语的诠释。

　　《红楼梦》中也有关于荼蘼的一段。《红楼梦》中《寿怡红群芳开夜宴》一回，曹雪芹用以花喻人的手法暗示几个人物的命运，其中就有荼蘼。女仆麝月抽到一张花签，是"荼蘼—韶华胜极"。"韶华胜极"意指花事到了尽头后自然是群芳凋谢，有完结的意思；荼蘼花在春季末夏季初开花，凋谢后即表示花季结束，所以也有完结的意思。而"开到荼蘼"的意思就是花已凋谢，一切结束。

　　荼蘼花开，花事荼蘼，一株孤独寂寞的彼岸花，是"花中十友"排行第十的韵友。荼蘼的寂寞，是所有花中最持久、最深厚，也是最独特的。

　　夏至已至，群芳凋谢之时仍有如此明艳的花开放。爱花其实是从喜欢它的外形而起，而通过了解它的故事和性格进一步从内心去爱它们。仲夏时节，天气不免燥热难耐，不如赏花，读诗，品茶，当心灵与它们相遇之时，微风拂过，微凉。

指导教师｜邓琳
2020 届 9 班 葛昀缇

岁时有你——小暑

　　午后的阴雨总能引出一段愁思，透过氤氲，似乎总能看见少女撑着油纸伞的娉婷。夏至过了十几天，我们终于迎来了小暑，这一天，岁时有你。

　　"暑"字，从日声者，谓之"为太阳照射的世间万物"，另一种则是日、土、日的组合，意为日光照射的炎热。先民将这十几天的光阴分为小暑、大暑、处暑几个节气。

　　小暑三候，"一候温风至，二候蟋蟀居宇，三候鹰始鸷"，《诗经》中提到，"七月在野，八月在宇，九月在户，十月蟋蟀入我床下"，八月即小暑，宇即屋檐，小暑时节正是最热的天气，于是连蟋蟀都到了屋檐下的阴凉中避暑。

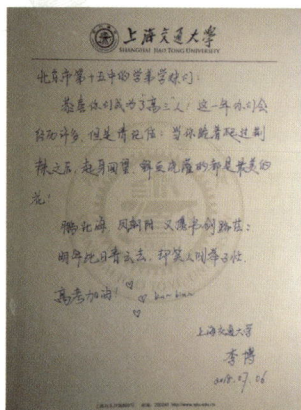

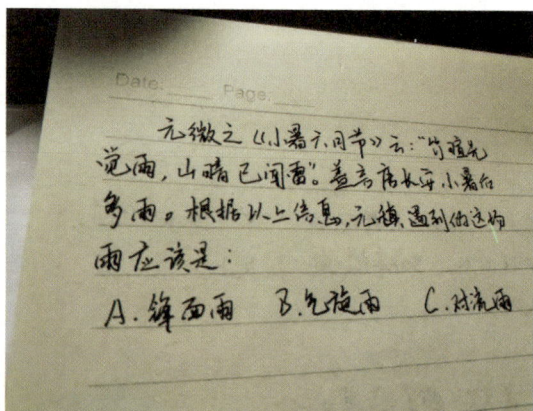

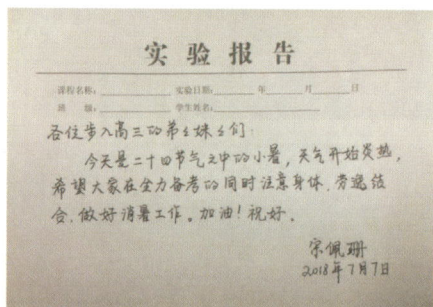

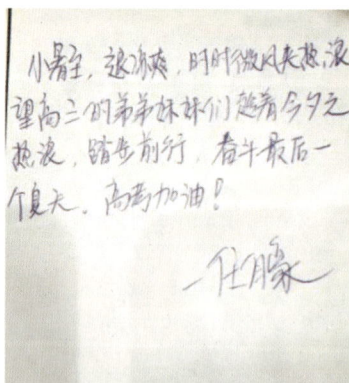

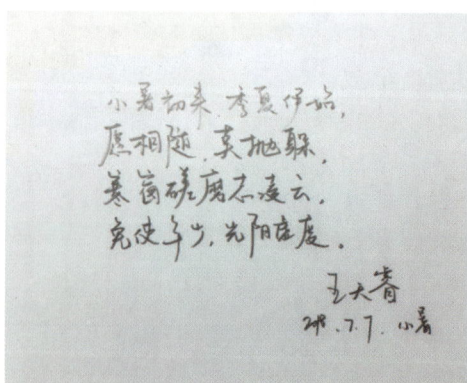

两年前的暑时，我们初见，当时的我们都以为时间很漫长，以为三年是永远，但都没有想到两年可以这么快。听见班主任说要搬教室的时候，我心里长久地被触痛了，不舍。

时光匆匆，不舍昼夜，我们只剩下不到一年光阴。所以，请珍惜我们最后的时光，最能奋斗的时光，记住我们曾在一起度过的每一个值得纪念的节气。

今日小暑，愿天天有你们。

指导教师｜吕静　邓琳

2019 届 8 班　付亦婷

岁时有你——立秋

今天是立秋了，秋天的第一个节气。

大概是夏天还在宣告暑气未过，不想离开吧，前几日的大雨就好像是夏的冲冠一怒。似乎前一刻还是阳光普照，下一刻就开始滴滴答答地落下豆大的雨点，不多时，那些雨点就好像约好了一般，一齐噼里啪啦地打得脸庞生疼。

那日我骑着单车回家，恰巧赶上下雨，偏偏还找不到避雨的地方，只能很无奈地被淋了个透顶。雨水冲刷了世界的灰尘，密密的雨帘模糊了我的双眼，用手擦也无济于事。最令人生气的，还是这雨来得快，走得也快，刚刚到家，雨就不下了，令我那一身的湿透显得莫名的突兀。

说回立秋吧，古人云："梧桐一叶落，天下尽知秋。"

梧桐每枝有十二片叶子，对应一年里的十二个月，从下数的一叶为一月。如果遇到闰月，树枝会多生出一片小叶，只要看看小叶的位置，就可以知道当年闰的是哪一个月了。

远古时代没有历书，人们通过观察落叶来推算时间，看到树上的叶子落了，便知道秋天来了。

如今看来，大抵只是一种很模糊的计算时间的方法吧，虽然并不准确，但在那个人与自然和谐共处、融为一体的时代也有着现今我们体会不到的乐趣。这也大概是，为什么人们总是想象并怀念古人那些典雅素朴的习俗和传统。

卜算子

苏　轼

缺月挂疏桐，漏断人初静。

谁见幽人独往来，缥缈孤鸿影。

惊起却回头，有恨无人省。

拣尽寒枝不肯栖，寂寞沙洲冷。

　　这是苏轼初贬黄州寓居定慧院所作，此处的梧桐渲染了秋夜的凄清、诗人的孤寂。一个"缺"字，一个"挂"字，描绘出了弯月从梧桐稀疏的叶片间洒下清辉，挂在枝丫间，全诗营造了一个夜深人静、月挂疏桐的孤寂氛围。

　　丰子恺也曾写过一篇文章描写梧桐，他写了梧桐树春夏秋的变化，比如他描写的梧桐叶的颜色变化是这样的："一个月以来，叶子由最初的绿色黑暗起来，变成墨绿；后来又由墨绿转成焦黄""北风一吹，它们大惊小怪地闹将起来，大大的黄叶子便开始辞枝——起初突然地落脱一两张来，后来成群地飞下一大批来，好像谁从高楼上丢下来的东西。枝头渐渐地虚空了，露出树后面的房屋来，终于只剩几根枝条，回复了春初的面目"，描绘着叶落的悲凉。

　　想想看，从春初的谷雨写到立秋，作者一直在看着季节的变迁，这个世界的变化，自然的深造。要说文人墨客都喜在秋天悲凉一番，我倒是觉得每个季节都有它的美，即使是花落、叶没、枝枯，都是独特的。少数令人感到伤感的，大概是明年的花再开、叶再长，都不是原来的那一朵、那一片了，而立秋再至，也一定与今年不一样了。

珍惜当下的一人一事、一花一木吧，当一个人努力珍惜一切、感谢一切的时候，一定会获得满满的幸福感。

指导老师｜吕静　邓琳　郑莉

2020 届 1 班　葛昀缇

岁时有你——处暑

　　处暑，万物将由生命绚烂逐渐趋于沉寂，是节气变化也是生命底色的转场。据《月令七十二候集解》："处，去也，暑气至此而止矣。"意思是炎热的夏天将要过去了。处暑是反映气温变化的一个节气。我国古代将处暑分为三候："一候鹰乃祭鸟；二候天地始肃；三候禾乃登。"老鹰开始大量捕猎鸟类，天地间万物开始凋零。"禾乃登"的"禾"是黍、稷、稻、粱类农作物的总称，"登"即成熟的意思，这个时节农作物已然成熟。

　　你听到"秋声"已至了吗?

　　宋代的欧阳修在《秋声赋》为我们精彩地描绘出了"秋声"。

　　欧阳子方夜读书，闻有声自西南来者，悚然而听之，曰："异哉！"初淅沥以萧飒，忽奔腾而砰湃，如波涛夜惊，风雨骤至。其触于物也，鏦鏦铮铮，金铁皆鸣；又如赴敌之兵，衔枚疾走，不闻号令，但闻人马之行声。余谓童子："此何声也?汝出视之。"童子曰："星月皎洁，明河在天，四无人声，声在树间。"

　　余曰："噫嘻悲哉！此秋声也。胡为而来哉? 盖夫秋之为状也：其色惨淡，烟霏云敛；其容清明，天高日晶；其气栗冽，砭人肌骨；其意萧条，山川寂寥。故其为声也，凄凄切切，呼号愤发。丰草绿缛而争茂，佳木葱茏而可悦；草拂之而色变，木遭之而叶脱。其所以摧败零落者，乃其一气之余烈。夫秋，刑官也，于时为阴；又兵象也，于行用金，是谓天地之义气，常以肃杀而为心。天之于物，春生秋实，故其在乐也，商声主西方之音，夷则为七月之律。商，伤也，物既老而悲伤；夷，戮也，物过盛而当杀。"

"嗟乎！草木无情，有时飘零。人为动物，惟物之灵；百忧感其心，万事劳其形；有动于中，必摇其精。而况思其力之所不及，忧其智之所不能；宜其渥然丹者为槁木，黟然黑者为星星。奈何以非金石之质，欲与草木而争荣？念谁为之戕贼，亦何恨乎秋声！"

童子莫对，垂头而睡。但闻四壁虫声唧唧，如助余之叹息。

在我们这个年纪或许更像文中的童子，只看到"星月皎洁，明河在天，四无人声，生在树间"。我们不可能像宦海浮沉、人生暮年的欧阳修一样敏感地捕捉到季节的更替并寄予复杂的人生思考和领悟。

指导老师｜吕静

2019 届 8 班　闫函

处暑——暑终喧嚣

虽说到了秋季，却仍是极为闷热的。"处"在这里为隐蔽、躲藏的意思，处暑可以说是暑气的余威吧。

《月令七十二候集解》中有："处，去也，暑气至此而止矣。"意思是处暑一过，夏天的暑气就消退了。处暑是一个反映气温由暖变凉的节气。

近日一次外出时坐了家门口的双层公交，从小到大，一直觉得双层公交是个很神奇的存在，每一次坐都想往二层跑，占上观景最佳位置。

一次是在黄昏，"夕阳无限好"，南城街边的景致在橘黄色的夕阳余晖映衬下颇为美轮美奂。

坐了27站公交，西山的轮廓逐渐清晰，黛色的山脉和五环外的青绿草木令人感到一阵清新和舒适，好像卸去了城市喧嚣带来的重压，一身轻松。这改变倒是应了处暑节气，暑气自此开始消去，温度逐渐降低。

到了夏去秋来之时，荷花已残，淡菊未开，仍有诸如紫薇、木槿、蜀葵、鼠尾草等从夏初盛放至秋初的植物，没有什么代表性。中元节在处暑前后。

中元节像是中式的万圣节，俗称鬼节。从传统习俗上讲，这一天要去祭祖，民间有祀亡魂、放河灯、焚纸锭的习俗。它与除夕、清明节、重阳节三节都是中国传统的祭祖大节。

汉代，中元节是初秋庆贺丰收、酬谢大地的节日，民间按例要祀

第三部分　筑真意叶

189

祖，用新米等祭供，向祖先报告秋成。

几年前热映的动画电影《寻梦环游记》的故事背景就是墨西哥的亡灵节，主人公米格意外地进入了亡灵的世界，遇到了自己的祖辈们。

电影中表现出来的亡灵世界，色彩缤纷，同样有喜怒哀乐。亡灵们以骷髅的形象出现，但并不可怕，眼眶和脸颊处有墨西哥传统的彩色花纹。在电影中，只要人间仍有人祭拜，就表示亡灵们没有被忘记，就可以在亡灵节回到人间与家人团聚。若是被人忘记，亡灵就会二次"死亡"，魂飞魄散，彻底消失。这种家族连接纽带，与我国寻根问祖、追本溯源的优秀传统文化倒是异曲同工。

指导教师｜郑莉

2020 届 1 班　葛昀缇

岁时有你——白露

《诗经》云：

> 蒹葭苍苍，白露为霜。
> 所谓伊人，在水一方。

陶渊明说：

> 道狭草木长，夕露沾我衣。

白居易说：

> 露似真珠月似弓。

苏东坡说：

> 白露横江，水光接天。

白露是农历二十四节气中的第十五个节气，当太阳到达黄经 165 度时为白露。《月令七十二候集解》中说："八月节……阴气渐重，露凝而白也。"天气渐转凉，会在清晨时分发现地面和叶子上有许多露

珠，这是因夜晚水汽凝结在上面，故名白露。古人以四时配五行，秋属金，金色白，故以白形容秋露。进入"白露"，晚上会感到一丝丝的凉意。

于是寒蝉凄切中，大多文人墨客望见"白露芜草木，荒园掩穷秋"之景，心下便徒生悲凉秋思，此间唯有刘禹锡另有一番意趣，道："自古逢秋悲寂寥，我言秋日胜春朝。"即使秋风送来的是一片萧瑟，但只要心下常怀风雅，秋景之中也不难找寻二三喜人之处。

初候鸿雁来，秋日渐成格局，天气转凉，鸿雁从北方飞向南方，以躲避寒冬，百鸟开始贮存干果粮食以备过冬的时节。

二候玄鸟归，玄鸟即燕子，是古代汉族神话传说《山海经》中的神鸟。此时，已近中秋，不论南北，人人念归，便有了"玄鸟归"的淳朴愿望。

三候群鸟养羞，这个"羞"同"馐"，是美食。"玄武藏木荫，丹鸟还养羞"，养羞是指诸鸟感知到肃杀之气，纷纷储藏食物以备寒冬食用，如藏珍馐。

今天是二十四节气之一的白露。

白露的悄然而至，让人浮想联翩。

时间无声地流走，千年前的诗意已沉淀在历史的浪涛里。寂淡的秋风一起，千年的诗意依旧悄然而至。又一秋，凉风阵阵，秋意渐浓。

夏天的颜色是绿，秋天的颜色是金黄，但古人以为夏天的颜色是红，秋天的颜色是白。古人以四时配五行，秋属金，金色白，故以白形容秋露。我们今天已经很难辨别秋白色来源于白露，还是白露得名于秋白。

白露一到，校园里的叶子便要渐黄，我很喜欢秋天的景色，落叶满天，金黄满地，是秋天馈赠我们的礼物。

但秋意凉凉，也总给人一丝伤感。

九月划开了界限，悠悠夏日到这里有了结束感，高天白露秋从此刻出现。但九月终究是既留不住夏天，也等不来秋天。

送走夏天的炎热，总有时间流逝之快的感伤。从白露开始，我们也真正意义上开始了高三的生活，"白露团甘子，清晨散马蹄"希望我们在繁忙的高三时光里不要忘记偶尔驻足，或许便会发现秋天带给你的惊喜。

指导老师｜吕静

2019 届 8 班　张雯萱　王天露

秋分至，夜渐长

金气秋分，风清露冷秋期半。

凉蟾光满，桂子飘香远。

素练宽衣，仙仗明飞观。

霓裳乱，银桥人散，吹彻昭华管。

——谢朓

秋分，昼夜平分，天气由热转凉的分水岭。秋分，分别高二的生活，分别曾经的生活，告别熟悉的人和熟悉的话语。唯有岁时不变，如期而至，岁时有你；不论何时何地，我与你共度秋分。

这个秋天于我格外特别，秋分渐至，心中越发紧张。我与北京城的秋天做了分别。"秋天一定要住北平。天堂是什么样子，我不晓得，但是从我的生活经验去判断，北平之秋便是天堂。论天气，不冷不热。论吃食……果子而外，羊肉正肥，高粱红的螃蟹刚好下市，而良乡的栗子也香闻十里。论花草……西山有红叶可见，北海可以划船——虽然荷花已残，荷叶可还有一片清香。"告别了老北京的秋高气爽、秋实秋景，分别了熟悉的人、熟悉的场景，迎来的是掠过北海的西风、长期积压在头顶上的大片乌云、随时而来的对流雨，还有一望无际的绿色原野。我一个人到苏格兰来了，与高中的生活分别，遇见大学的生活和新的朋友。

我的生活被撕裂成两半，"适应"总是这个阶段的关键词，但与此同时不要忘记看看窗外的秋天，不要忘记和身边的人分享感情，是他们陪你度过这个秋天。尽你所能，不负韶华，不负岁时。

指导老师｜吕静

2019 届 8 班　牛富聪

秋分——自然相伴

《春秋繁露·阴阳出入上下篇》中说："秋分者，阴阳相半也，故昼夜均而寒暑平。"9月23日秋分，昼夜时间均等，太阳直射点由北半球回到赤道。秋分过后，太阳直射点向南移动，北极即将陷入长达6个月的极夜。

转眼间秋天好像就要结束了，这个季节的节气还剩下两个了，寒露和霜降。

我在食堂门口看到了一丛开放的蓝色小花。

其实这一丛蓝花并不起眼，只是午饭排队时的惊鸿一瞥，我就被那抹梦幻的蓝所吸引。第一次注意到它的时候，只看到两片指甲盖大小的花瓣，由内至外从白色渐变到蓝色，说是天蓝似乎浅了些，说是普蓝似乎又深了些，总觉得那是一种形容不出来的极致明艳。

花心是伸出来的，有雄蕊和雌蕊之分，雄蕊很像是缩小版的黄蝴蝶花，雌蕊相比起来只是长些，呈浅浅的青色。

它的名字叫鸭跖草，还有一个名字叫作碧蝉花。宋代杨巽斋在《碧蝉儿花》里描绘道："扬葩簌簌傍疏篱，薄翅舒青势欲飞。几误佳人将扇扑，始知错认枉心机。"写出了这抹蓝的轻盈与摄人心魄。鸭跖草其实是有三枚花瓣的，只是两枚靛蓝色的花瓣高悬张扬，而下方"藏"着一枚半透明的小花瓣，会萎缩而早落，甚不起眼。

秋季，是银杏叶蜕变的季节，由青翠转为金黄。银杏树的种子俗称白果，因此银杏又名白果树。银杏树生长较慢，寿命极长，自然条件下从栽种到结银杏果要二十多年，四十年后才能大量结果。学校的银杏大概也有二十多岁，去年通技楼前的银杏树掉了一地的白果，或是完整或是碎裂，碎裂的那些在绿色的胶地上开出了一朵又一朵的暗色"小花"。

今年是在十五中的第五年了吧，留在记忆最深处的便是银杏了，在龙爪槐胡同的时候是初一，那一年的秋天和同学一起蹲在银杏树下玩着儿时玩的"拔杨根儿"。一人找一根叶子的茎，十字交叉用力一拔，看谁先断。那年秋天，我几乎在那个游戏中"封了王"。找寻坚韧的根是有讲究的，不能挑新落的，不能挑枯萎的，要找那种落了两三日将干未干仍有一些水分的。到了高中，银杏更是深入人心，特别是校门口的那几大棵，大抵比教学楼还要高上几分？最喜欢的就是秋天叶落满地的时候，在叶子上踏着，听着叶子发出"咯吱咯吱"或者"沙沙"的声音，纵使有再多烦恼也会消失不见。

一年里最喜欢的就是春秋两季，不冷不热，阳光下温暖，阴凉处又有些微冷。春天有百花相陪，秋天有落叶相伴，一个人也不会觉得孤单。我们这一代大多数是独生子女，一生中只有自己能陪自己走过全部时光，习惯了孤独一人，但也要记得你随时有自然相伴，至少，周围总会有空气陪着你。这样想来，就连平时厌恶的昆虫也变得可爱起来了。

指导教师｜郑莉

2020 届 1 班　葛昀缇

岁时有你——寒露

寒露是九月节，自此，露气重而稠，稠而将凝，再过半月，将凝为霜降，自此，告别了秋高气爽、秋明空旷，白日将变得幽晦，天寒夜长，风气萧索，雾结烟愁。萧萧秋意重，依依寒色浓，归鸿将急于南飞，哀鸿遍野、秋残如血的季节到了。

池 上

白居易

袅袅凉风动，凄凄寒露零。
兰衰花始白，荷破叶犹青。
独立栖沙鹤，双飞照水萤。
若为寥落境，仍值酒初醒。

寒露三侯

鸿雁来宾：寒露之日，"鸿雁来宾"。鸿雁白露节气已经开始南飞了，此时是最后一批，古人称后至者为"宾"。

雀入大水为蛤：后五日"雀入大水为蛤"，鸟雀入海化为蛤蜊，飞物化为潜物，这是古人对感知寒风严肃的一种说法。

菊有黄华：再五日，"菊有黄华"，"华"便是花，草木

皆因阳气开花，独有菊花因阴气而开花，其色正应晚秋土旺
之时。

　　这是我们在十五中度过的最后一场秋了。我仍记得两年前看到池
塘里金色银杏叶组成的"品"字时的惊讶与震撼，它鲜活地存在于我的
记忆里，与彼时熟识不久、尚显青涩的我们的欢笑声一起。

　　因为岁时有你，我所见的风景才能如此真切。

　　10月，萧瑟的秋风与温暖的斜阳不期而遇。

　　夜晚，离开待了13个小时的教室，走出教学楼。若尝试仰望星
空，就会发现不知何时季节已变换，代表盛夏的"大火星"（天蝎座的
心宿二星）渐渐西沉，秋季四边形已悄然出现。

我们隐约听到了冬天的脚步声。

时间流逝的速度总是令人惊叹，静听叶落，悲叹秋景之凋零，感伤物是人非。不知不觉间，高三生活已经过去一月有余了。

我们行走在人潮中，淹没在嘈杂城市的尘埃里；重复着看似平淡的每一天，迷失在一去不返的时光中。

或许生活就是这样一天天的重复，并非何时都能满足于当前的一切。但是只要怀抱勇气与梦想，坚信沿着这条路一直走下去，就一定能够到达夜空的彼岸，而明天，就在那里等待着我们。

指导老师｜吕静

2019 届 8 班　刘昕

寒露——异域星辰

一转眼，秋天已经将要结束了。寒露，带着阵阵寒意而来，吹红了枫叶，吹黄了小草。十一期间去了德国进行交换学习。德国西部门兴格拉德巴赫的一座小镇，在短短几天成了我们二十个人心中的另一个家乡。

我们住在门兴格拉德巴赫的一个小镇上，那里早晨的空气很清新。尤其是雨后，皮肤可以感觉到浓浓的水汽，鼻息间是青草和泥土的清香。屋前种着两丛薰衣草还有几种不知名的小花，娉婷地开放着，几点如珍珠般滚圆的露珠躺在花瓣和叶片上，闪着晶莹的光。

我本是不喜欢雨天的，却喜欢上了西德的雨天。雨丝很细很细，让人几乎感觉不到它们的存在。只有衣服上小小的雨珠才能证明它们的存在。那里的雨后会有彩虹，弯弯的彩虹几乎占据了半面天空，似乎还会随着你的靠近而放大，像棉花糖一般淡淡的颜色，仿佛触手可及。

最喜欢的还有科隆的巧克力博物馆。一走进去就能闻到一股甜香。那里介绍了巧克力的原料、历史以及制作过程。看着机器里醇厚的液态巧克力慢慢流着，顺滑得宛如上好的丝绸一般，一股浓浓的甜香在鼻息间游走着，莫名的就让心情变得像巧克力一般甜蜜。

科隆的一座桥上挂着成千上万的锁，这样的地方似乎在各个国家都见过，爱情总是不变的话题，说起来这些都是别人的爱情，我们就好像是见证者一般，见证着一对对爱人间的海誓山盟。泛着点点锈迹的锁，各种形状，各种颜色，有大有小，有新有旧，上面镌刻着爱人的名

字和一些纪念日期，或是新婚燕尔的，或是约定相伴一生的。我们不会在乎那时将彼此心灵锁在一起的人们是否真的能相伴终生，这些锁的意义就如那点点锈迹，像是爱情的恋章，留下了彼此相爱的痕迹。

那天晚上，繁星满天，面前的篝火烤得脸庞暖烘烘的。那夜我第一次看到了北斗七星，就那样亮亮地点缀着夜幕，那样的不真实。身旁的人有着不同的发色、不同的瞳色，同样说着不那么熟练的英语，那一刻，大家的心是紧紧相依的。

如果未来的某一天，再看到如此星辰，一定会想到这个和大家一起跳着，笑着，无拘无束的夜晚和那些可爱的人们不同颜色眼眸中的莹莹星光。

指导教师｜郑莉

2020 届 1 班　葛昀缇

岁时有你——霜降

咏廿四气诗·霜降九月中

元　稹

风卷清云尽，空天万里霜。

野豺先祭月，仙菊遇重阳。

秋色悲疏木，鸿鸣忆故乡。

谁知一樽酒，能使百秋亡。

《月令七十二候集解》里对霜降描述说："九月中，气肃而凝，露结为霜矣。""霜降"表示天气逐渐变冷，露水凝结成霜。

霜降一过，冬天就近了。在每年公历 10 月 23 日左右，天气渐冷，初霜出现，是秋季的最后一个节气，也意味着冬天的开始。

霜降有三候。

"豺乃祭兽"，豺狼开始捕获猎物，祭兽，以兽而祭天，报本也，方铺而祭。秋，金之义。"草木黄落"，秋风起兮白云飞，草木黄落兮雁南归。"蛰虫咸俯"，蛰虫全在洞中不动不食，垂下头来进入冬眠状态。

刚刚迎来了重阳节，霜降已经悄然临近，北京的秋天可谓是极短，突然就到了秋季的最后一个节气，自霜降始，白昼秋云散漫远，霜月萧萧霜飞寒，冬日一下子就悄然来临了。

不知你留意过没有，霜降之夜总是出奇地静，一切生灵都缄默不语，就连絮絮叨叨的"风婆子"也闭上了嘴巴。是的，草木、庄稼和一切生灵也该静一静了。伫立在霜降之夜无涯的寂静里，呼吸着清冽的空气，我们不难从这大静大美之中，隐隐感悟到天道的伟大和自己的渺小，这时，便不自觉地寓情于景，产生哀怜之情。

　　　　霜降鸿声切，秋深客思迷。

　　　　无劳白衣酒，陶令自相携。

　　　　　　　　　　　　　　　　　　　——刘长卿

　　是啊，正如诗中作者所言，曾经的盎然春色和盛夏的暖阳转眼间就消失得不见踪影，而秋日刺骨的严寒和萧索便已经迫不及待地取而代之了，还没来得及换上秋裤的我们自然会感叹时光易逝、惜春自怜了，这时刚好迎来了高中三年最紧张的时间段，心气未免低落，这也无可厚非。但展望未来，三年的汗水即将凝结成一张答卷，此时还不是仰望星空的时候，我也还没有资格妄自菲薄，必须继续前行，希望最后的那个它能给我和一直以来支持我的人一个交代。

　　月考刚刚结束不久，便要面对即将到来的期中考试，不知道各位同学是否已经适应高三的学习生活节奏？刚结束的最后一次集体外出，在繁忙的日子中偷得半日闲，和同伴领略自然的美，劳逸结合，放松心情，以更好的状态迎接下一阶段的学习。

　　在过去的时间里，或有收获，或存舍弃，或有成长，或留遗憾……但请相信，现在暂时的沉寂是为了来年的厚积薄发，到那时，暖风吹过，坚冰融化，一切都在向更好的方向发展。

　　"谁终将声震人间，必长久深自缄默；谁终将点燃闪电，必长久如云漂泊。"

在阴潮的泥土中，每一粒种子都要隐忍一冬的孤独，在不为人知的角落里，默默等待。经过一冬的等待，一冬的孤独，才有了破土而出的那一刻，才能勇敢地绽放属于自己的那抹嫩绿。

望于霜降蛰伏的我们，能在明年的夏日一鸣惊人。

最后，借用陀思妥耶夫斯基的话作结："我怕我配不上我所受的苦难。"

我愿在众卉俱谢的岁寒，与你长作坚贞的友人。

指导老师｜吕静

2019 届 8 班　刘莹　隋其源

霜降——点染秋色

秋词二首

刘禹锡

自古逢秋悲寂寥，我言秋日胜春朝。

晴空一鹤排云上，便引诗情到碧霄。

山明水净夜来霜，数树深红出浅黄。

试上高楼清入骨，岂如春色嗾人狂。

秋色将去，寒冬将至。时间如白驹过隙，已是霜降节气，秋天的最后一个节气了。

有农谚说，霜降杀百草。白霜下，百草惊心，该枯的枯，该落的落，待到繁华落尽，就是一阙月落乌啼霜满天。

犹记得寒露前，在西德便想着，叶子该黄了吧，该落了吧。寒露时，发现树叶还是翠的，还未落满地；两周之后，一日回家的路上，风拂过，黄叶飘落，落在发间，落在身上，顿时有些梦幻，又有些萧瑟之感。

除了春天，最喜欢的便是秋天了。喜欢初秋的天气，晚秋的风景。晚秋之时，昼夜温差明显变大，早晨开始不愿意起床，因为被窝外似乎是个"冰雪世界"，中午有阳光的时候又暖洋洋的，若是运动得剧烈些也许还会脱了外套。

若说春是浅绿色和粉色的世界，那么夏天便是鲜艳的红和清爽的冰蓝色，只有秋天是一个色调——暖色，从棕色到枫红色再到暖黄色。秋色最好看的地方在于点染。两三行秋雁、几树红叶便能勾勒出这温暖色调的意境。国画有"墨分五色"之说，秋日的山亦然，暖黄、橘黄、橘红、艳红、锈红、暗红、熟褐……这些色彩也仅仅是那山中色彩的冰山一角，而真正的秋色是无论如何也调不出的。这些颜色就像以前的藩镇割据，边界呈"犬牙差互"妆，他们守着各自的版图，平起平坐，相安无事，甚至还有几分相得益彰。远远望去，虽没有一统天下的壮阔，却也是一番大好山河。

某天翻开一本书，发现了夹在其中的银杏叶，大概是四年前的了，那时还是初一，还在龙泉校区。落叶，似乎是一种记忆吧，易碎却也容易留存。《四个音符》中写道，我们的记忆实则有个诨名，叫遗忘。记忆不会凭空多出些什么，只会不断减少、减少。

秋天要过去了，随心地捡一片落叶吧，合你心意的，即使是残缺的也没关系。多年以后，再看到它，我相信，你一定会是惊喜的，那残缺的部分也是一种可爱。约一波拾落叶的活动吗？

立冬——正是秋浓

　　默默地在放学路上抓住秋天的尾巴，再次深刻地感受到了什么叫作"墨分五彩"。沿路的银杏一眼望去是黄澄澄的一片，而仔细观之，则发现有的银杏树是黄中泛绿，有的则是黄中带橙，甚至一棵树上叶子的颜色也不尽相同。还有那爬满墙的爬山虎，一到深秋便变成红色。也许是浅红，也许是橙红，也许是大红，也许是深红……

　　天气似乎在上周四的温暖之后，便迅速降温。一直以来对于冬天是又爱又恨的。爱雪花的飘落，将整个世界装点得浪漫而纯净；恨天气寒冷，一定要裹成球状才能出门。不过后来想了想，雪花若没有寒冷的温度也是落不下来的，保存不住的，也就渐渐释然了。

　　前几天班会听《奇葩说》谈论"你真的很努力"是不是一句好话，看着辩手们或是触动心扉，或是优雅得体地论证自己的观点，看到跑票的人数成拉锯模式，自己似乎也在不断被他们每一个人说服，下课之后就和同学讨论后得出的结论：其实这句话是不是一句好话，取决于你到底有没有竭尽全力。

　　反方辩手高庆一说，"生而为人，每个人都在为了生存而努力"，而真正的差别只是努力的多少。

　　试想，当你没有竭尽全力而得到了一个坏结果，别人对你说了这句话，你一定会觉得他在讽刺你，因为"你真的不够努力"。而当你竭尽全力却仍然失败的时候，你只会觉得这是一种认可和褒奖，因为你的确努力了。人生不会总是一帆风顺，不是每一次努力都能成功。

所以期中考试放平心态，正确认识自己，你真的努力了，只是这次失败了，或者，你努力了，却不够努力。

指导教师｜郑莉

2020 届 1 班　葛昀缇

岁时有你——小雪

    小雪，是二十四节气中的第二十个节气。每年的公历 11 月 22 日至 23 日，太阳达到黄经 240°，此时称为小雪节气。中国广大地区西北风开始成为常客，气温下降，逐渐降到了 0℃以下，但大地尚不会过于寒冷，虽开始降雪，但雪量不大，故称小雪。

    《月令七十二候集解》曰："十月中，雨下而为寒气所薄，故凝而为雪。小者未盛之辞。"

    小雪是反映天气现象的节令。《二如亭群芳谱》中说："小雪气寒而将雪矣，地寒未甚而雪未大也。"还有诗云："太行初雪带寒风，一路凋零下赣中。菊萎东篱梅暗动，方知大地转阳升。"（左河水《小雪》）

"小雪"三候

    小雪的三候为："一候虹藏不见；二候天腾地降；三候闭塞成冬。"一候虹藏不见，虹为彩虹，也可以理解为下雨的意思。也就是说进入小雪节气，降水的形式逐渐从雨变为雪了，天上不再下雨，自然也就没有了彩虹。二候天腾地降，这体现了古人的阴阳观念。天为阳地为阴，阳气上升阴气下沉，阴阳不再相交，天地间自然一片死寂。这实际上是古人对气候和生命的一种认识。三候闭塞成冬，阴阳相隔，万物沉寂。如果说立冬意味着进入了冬天的门槛，那么小雪可以说意味着冬天正式到来了。古代的冬季比如今要难熬得多，天地间不见鸟兽，人们在播种完最后一茬冬小麦之后，也纷纷躲在屋里开始过冬了。所

品

筑真·

拾
年

210

谓"闭塞成冬"正是此意。

"小雪"习俗

小雪过后，在我国的很多地方，都有做腊肉、香肠的习俗。腊肉、香肠等熏制、风干肉制品，在我国有悠久的历史。今天的人们一般将这些作为一种美食，但古代这主要还是一种冬日里储藏肉食的方法，所以民间有"冬腊风腌，蓄以御冬"的说法。

在东南沿海一带，有在小雪节气时腌菜的习俗，当地人称之为"腌寒菜"。清代文人厉惕斋在《真州竹枝词引》中记述过当时情景："小雪后，人家腌菜，曰'寒菜'。"

在南方某些地方，还有农历十月吃糍粑的习俗。糍粑是用糯米蒸熟捣烂后所制成的一种食品，是中国南方一些地区流行的美食。古时，糍粑是南方地区传统的节日祭品，最早是农民用来祭牛神的供品。有俗语"十月朝，糍粑禄禄烧"，就是指的祭祀事件。

小雪前后，土家族群众又开始了一年一度的"杀年猪，迎新年"民俗活动，给寒冷的冬天增添了热烈的气氛。吃"刨汤"，是土家族的风俗习惯。在"杀年猪，迎新年"民俗活动中，用热气尚存的上等新鲜猪肉，精心烹饪而成的美食称为"刨汤"。

和萧郎中小雪日作

徐　铉

征西府里日西斜，独试新炉自煮茶。

篱菊尽来低覆水，塞鸿飞去远连霞。

寂寥小雪闲中过，斑驳轻霜鬓上加。

算得流年无奈处，莫将诗句祝苍华。

"云暗初成霰点微，旋闻薮薮洒窗扉。"小雪节气时，有梦雪期盼者，有负暄赏雪者，有温房昏睡者，有围炉涮肉者，还有温柔乡里小酌者。人生百态的小雪节气里，你又会是哪一类呢？

小雪已至而雪未下，我们都在期待，期待雪染白头，期待满目银装。小雪过后而天又寒，我们都在取暖，以外物，也由内心。在这越来越寒冷的冬日，想起生活里的确幸，想起值得喜爱的人与事，倍感温暖。

祝愿我们的世界早日下雪，也祝愿我们的生活在雪中放晴，于冬日温暖。

指导老师｜吕静

2019 届 8 班　郑紫雯

岁时有你——大雪

　　"大雪"是农历二十四节气中的第二十一个节气，是冬季的第三个节气，标志着仲冬时节的正式开始，其时太阳到达黄经255°。《月令七十二候集解》说："大雪，十一月节。大者，盛也。至此而雪盛矣。"大雪的意思是天气更冷，降雪的可能性比小雪时更大了。

　　大雪时节分为三候："一候鹖鴠不鸣；二候虎始交；三候荔挺出。"是说此时因天气寒冷，寒号鸟也不再鸣叫了；此时是阴气最盛时期，所谓盛极而衰，阳气已有所萌动，老虎开始有求偶行为；"荔挺"为一种兰草，感到阳气的萌动而抽出新芽。

　　"万山凋敝黯无华，四面嘶鸣晃树杈。白雪欲求吟咏句，穿枝掠院演梅花"（左河水《大雪》）。大雪时节，除华南和云南南部无冬区外，我国大部分地区已进入冬季，东北、西北地区平均气温已达 –10℃以下，华北地区气温也稳定在0℃以下，此时，黄河流域一带已渐有积雪，而在更北的地方，则已大雪纷飞了。

　　但在华南，特别是珠三角一带，却依然草木葱茏，干燥的感觉还很明显，与北方的气候相差很大。华南地区冬季气候温和而少雨雪，平均气温较长江中下游地区约2℃—4℃，雨量仅占全年的5%左右。偶有降雪，大多出现在1月、2月；地面积雪三五年难见到一次。这时，华南气候还有多雾的特点，一般12月是雾日最多的月份。"十雾九晴"，雾多在午前消散，午后的阳光会显得格外温暖。

大雪习俗

滑冰

"小雪封地，大雪封河"，滑冰是冬季游戏之一，古时称为冰嬉。北方严寒，河流冻得坚实，有的地方汲水浇成冰山，高三四丈，晶莹光滑，人们缚皮带蹬皮鞋，从山顶挺立而下，以到地而不仆倒者为胜，这种游戏叫作打滑挞。

进补

大雪是"进补"的好时节，素有"冬天进补，开春打虎"的说法。大雪时北半球各地日短夜长，因而有农谚"大雪小雪、煮饭不息"，用以形容白昼短到了农妇们几乎要连着做三顿饭。

还记得我小时候就特别盼望下雪，特别喜欢一脚一脚深陷于积雪之中，然后在雪中连滚带爬；特别喜欢在雪地里嘎吱嘎吱踏雪的感觉，特别喜欢在毛茸茸的雪地上写字，然后端详着飘洒的雪花一点点地雪藏那些字迹……总觉得有雪的时候，才有童话。人们童年记忆中的很多快乐都与雪有关。

说起雪，总能想到银装素裹的北平。长大以后，好像已经很久没有看过一场大雪了。现在的北京好似也没有了当初北平的味道。这礼拜突然降温，大风凛冽，寒冬好像开始向我们迈进，却依然没有与雪欣喜相遇。从小雪等到大雪，等着控制北京的干冷气团可以稍微休息一下，还会等多久呢？

还是先跟十二月说声迟来的"你好"吧，希望你赠我们一场大雪，让我们在日渐忙碌的学业和生活里有一次像孩子般的欢喜，然后更好地面对接踵而来的考验。

指导老师｜吕静

2019 届 8 班　郑紫雯

岁时有你——冬至

冬至经过数千年发展，形成了独特的节令饮食文化。各地在冬至时有不同的风俗，吃饺子成为多数北方人冬至的风俗。当然也有例外，如在山东省滕州市有冬至当天喝羊肉汤的习俗，寓意驱除寒冷。

古人喜贺冬至，今人虽多不以为节，但冬节再怎么说也是"时年八节"之一，不同地区有着各种不同的特色美食，如北方水饺、潮汕汤圆、东南麻糍、台州擂圆、合肥南瓜饼、宁波番薯汤果、滕州羊肉汤、江南米饭、苏州酿酒等。

冬至小常识

冬至，俗称"冬节""长至节"或"亚岁"等。冬至是二十四节气中一个重要的节气，也是中华民族的一个传统节日。冬至为"冬节"，所以被视为冬季的大节日，在古代民间有"冬至大如年"的说法。古时候，漂在外地的人到了这时节都要回家过冬节，所谓"年终有所归宿"。古时有"冬至一阳生"的说法，也就是说从冬至这天开始，阳气慢慢回升。

前面的同学在介绍节气时大多引用了中国的古诗，而这次我们将为大家带来的是美国诗人 Robert Frost 的《雪夜林边小驻》。

Stopping By Woods on a Snowy Evening

Whose woods these are I think I know.

His house is in the village though,

He will not see me stopping here

To watch his woods fill up with snow.

My little horse must think it queer

To stop without a farmhouse near

Between the woods and frozen lake

The darkest evening of the year.

He gives his harness bells a shake

To ask if there is some mistake.

The only other sound's the sweep

Of easy wind and downy flake.

The woods are lovely, dark and deep.

But I have promises to keep,

And miles to go before I sleep,

And miles to go before I sleep.

　　诗人被那种永恒的静谧吸引了，驻马良久，他在考虑什么？他在考虑，自己是不是该停下来休息了。

　　但他最后，还是摆脱了那片黑暗、深沉的树林的诱惑，因为他还有很多承诺需要遵守，在沉睡之前，他还有很多路需要走。

　　　世界　似乎也不是那么的美好

黑暗　寒冷　孤独

是这个世界本质的样子

躲进黑暗　习惯寒冷　享受孤独

也是面对这个世界的生活常态

无趣的日常　无光的未来

逃离不掉的压迫　充满希冀的关心

世界变得让人恐慌

无能　懦弱　渺小

是我真实的写照

认输　服从

也是我唯一的选择

仰望天空　看到的只是你无法到达的理想

累了　倦了　乏了

只希望可以消失一天

就一天

让我面对真实的自己

　　每个人都有深陷低谷的时候，我们也需要拥有足够的勇气去面对这样一个迷茫、失落却真实的自己。只有真正努力过的人才能体会什么是绝望。我们无法预测未来，却隐隐发觉，如今我们所经历的一切，不过是人生道路上最纯粹的理想与实力的博弈罢了。万物流转，如今，该是太阳直射点移动至南回归线的时刻了，北半球即将迎来白昼最短、黑夜最长的一天，说来也挺符合此时的心境。结束了吗？没有。一切才刚刚开始。黎明前是最黑暗的时候，但是千万别闭眼。在黑暗中移开视线的家伙是看不到明天的光明的，无论前方等待我们的夜有多深。冬季是令人倦怠的季节，别害怕失败，哪怕它会刺痛你，但这种触动也是你坚持下去的动力。

冬至前一夜称为"冬至夜"，听说这晚的梦可以预见未来。我在这一夜写下这段文字，窗外的灯火渐暗，心火却不可熄灭。这夜无梦，有的只是每一个学子心中的理想与信念，在晃动的笔尖下，在字里行间中……

指导老师｜吕静

2019届8班　李文琪　王祎

岁时有你——小寒

中国古代将小寒分为三候："一候雁北乡；二候鹊始巢；三候雉始鸲。"古人认为候鸟中大雁是顺阴阳而迁移，此时阳气已动，所以大雁开始向北迁移；此时北方到处可见到喜鹊，并且感觉到阳气而开始筑巢；第三候"雉鸲"的"鸲"为鸣叫的意思，雉在接近四九时会感阳气的生长而鸣叫。

大雁是顺应阴阳而迁徙的，此时阳气已动，所以大雁动身向北。阳气初动，北方已经可以看到喜鹊开始筑巢。山中的野鸡也觉察到阳气的滋长，开始鸣叫寻找同伴。

小寒习俗

吃菜饭

到了小寒时节，南京人一般会煮菜饭吃，菜饭的内容并不相同，有用矮脚黄青菜与咸肉片、香肠片或是板鸭丁，再剁上一些生姜粒与糯米一起煮的，十分香鲜可口。

吃糯米饭

在小寒早上，有些地区的人们会吃糯米饭，将 60% 的糯米和 40% 的香米混合在一起，把腊肉和腊肠切碎炒熟，花生米炒熟，加一些碎葱白，拌在饭里面吃。

　　笔尖书写旧年的习惯还没有改掉，新年已经步履匆匆地迎面而来了。白昼在变长，太阳总愿意再多坚持一会儿，再多送给大地一缕光。在太阳西沉时分，天并没有完全黑下来，而是将蓝色天空渲染出色彩的交融渐变。学习之余，抬头望向校园之外的天空，忽觉一切也都沉静下来。

　　旧年，我们曾一起度过。在旧年里，我们经历了高考听力，或喜或忧，已成过去；在旧年的星期五，纵然教室外寒风凛冽，室内却暖融融的——我们共同庆祝新年的到来，分享年末的饺了；在元旦假期，陪伴我们跨年的或是各电视台晚会，或是终需在小长假后上交的作业。但更是家的温暖始终萦绕在我们身旁，温柔地涌进每个人的心里，在寒冷的冬日为我们避风。它也许很隐晦，不易察觉，可一直在。

"冬雪雪冬小大寒"，小寒以后，等待我们的是冬日里最后一个节气。之后春水初融，东风送暖，这段白昼短暂、黑夜漫长的日子终将过去。不知在春风里，我们会如何回忆这段时光？"生命不是活了多少日子，而是记住了多少日子。你要让你过的每一天都值得记忆。"

　　无论天有多寒，友情的温度始终不减，有大家的陪伴，心中始终是温暖的。

　　无论有多寒冷，也请记得抬头看看太阳。

　　天冷记得多添衣物。

指导老师｜吕静

2019 届 8 班　丁欣怡　杨可

岁时有你——大寒

大寒是农历二十四节气中的最后一个节气，过了大寒，又会迎来新一年的节气。民谚说："大寒年年有，不在三九在四九。"大寒节气虽然还十分寒冷，但隐隐中已可感受到大地回春的迹象，正所谓"坚冰深处春水生""蜡梅花开迎春来"。

《授时通考·天时》引《三礼义宗》："大寒为中者，上形于小寒，故谓之大……寒气之逆极，故谓大寒。"这时寒潮南下频繁，是我国大部分地区一年中的最冷时期，风大，低温，地面积雪不化，呈现出冰天雪地、天寒地冻的严寒景象。

我国古代将大寒分为三候："一候鸡始乳；二候征鸟厉疾；三候水泽腹坚。"

鸡始乳，意为大寒节气鸡提前感知到春天的阳气，开始孵小鸡。

征鸟厉疾，征鸟指鹰隼之类的飞鸟，厉疾是迅猛之意。征鸟盘旋于空中猎食，以补充能量抵御严寒。

水泽腹坚，是水域中的冰一直冻到中央，厚而实。而寒至极处，物极必反，坚冰深处春水生。

寒节气，时常与岁末时间相重合。因此，这节气中，除顺应节气干农活外，还要为过年奔波——赶年集、买年货、写春联，准备各种祭祀供品，扫尘洁物，除旧布新，腌制各种腊肠、腊肉，或煎炸烹制鸡鸭鱼肉等各种佳肴。同时祭祀祖先及各种神灵，祈求来年风调雨顺。

旧时大寒时节的街上还常有人们争相购买芝麻秸，因为"芝麻开

花节节高"。除夕夜，人们将芝麻秸撒在行走之外的路上，供孩童踩碎，谐音吉祥意"踩岁"，同时以"碎"为"岁"谐音，寓意"岁岁平安"，讨得新年好口彩。这也使得大寒驱凶迎祥的节日意味更加浓厚。

大寒已是农历四九前后，传统的"一九一只鸡"食俗仍被不少市民家庭所推崇，选择的多为老母鸡，或单炖，或添加参须、枸杞、黑木耳等合炖，寒冬里喝鸡汤真是一种享受。

大寒期间，农历腊月廿三为祭灶日，自然就少不了祭灶的习俗。

传说，灶王爷是玉皇大帝派到每个家中监察人们善恶的神，每年岁末回到天宫中向玉皇大帝奏报民情，让玉皇大帝定赏罚。因此，送灶时，人们在灶王像前的桌案上摆放糖果、清水、料豆、秣草。祭灶时，还要把关东糖用火化开，涂抹在灶王爷嘴上，这样做的目的是为了不让灶王爷说坏话。

不管你在不在乎这个节气，诗人们反正不闲着。来看看陆游在大寒作的一首诗。

大寒出江陵西门

陆　游

平明羸马出西门，淡日寒云久吐吞。

醉面冲风惊易醒，重裘藏手取微温。

纷纷狐兔投深莽，点点牛羊散远村。

不为山川多感慨，岁穷游子自消魂。

陆游一生有两大遗憾，一为报国无门，二为被迫与前妻唐琬分离。这两大遗憾贯穿了陆游一生，令人不胜唏嘘。大寒是一年之中的最后一个节气，宿醉之后的陆游出了城门孤单上路，国家气数已尽，他无可奈何；佳人已成黄土，他无能为力。此情此景，写尽了岁穷游子的凄凉心境。

四九中，大寒。"逝曰远，远曰反。"最后的节气过去，便又回到起点。是黎明前最后的黑暗，孟春前最后的苦涩，它并不难熬，能隐约看到光亮，尝到一丝甜味。

但它终究还是冷的。我在寒冷的天气里，让被子抱着我取暖。

指导老师｜吕静

2019 届 8 班　李智桐　李佳阳

岁时有你——立春

一年之计在于春，自古以来立春是汉族民间最重要的传统节日之一，是二十四节气中的第一个节气。立春之后天气回暖，万物复苏。立春是孟春时节的开始。春是温暖，鸟语花香；春是生长，耕耘播种。立春期间，气温开始趋于上升，日照、降雨增多。

《二如亭群芳谱》对立春解释为："立，始建也。春气始而建立也。"战国后期成书的《吕氏春秋》中已有对立春的记载。立春这天"阳和起蛰，品物皆春"，过了立春，万物复苏生机勃勃，一年四季从此开始了。古代有这样一个传说：立春快到来的时候，县官会带着本地的知名人士去土地里挖一个坑，然后把羽毛、鸡毛等轻物质放在坑里，等到某个时辰，坑里的羽毛和鸡毛会飘上来。人们开始放鞭炮庆祝，预祝明年风调雨顺、五谷丰登。

"一候东风解冻；二候蛰虫始振；三候鱼陟负冰。"说的是东风送暖，大地开始解冻。立春五日后，蛰居的虫类慢慢在洞中苏醒，再过五日，河里的冰开始融化，鱼开始到水面上游动，此时水面上还有没完全融解的碎冰片。

立春习俗

迎春活动

旧时民间有"打春"习俗，以"鞭打春牛"来"催农耕作"，以表达对农业丰收、生活和睦、经济繁荣、吉祥安宁的向往和祈盼。旧时，地方官亲自主持祭祀仪式，上香、献供、读疏文，拜芒神和泥制春牛，祈求国泰民安，五谷丰登。之后将春牛请至官署前，视为"迎春"。

立春帖子

旧俗立春前一日，找两人顶冠饰带，称春吏。沿街高喊"春来了"，俗称"报春"。站在田间敲锣打鼓，唱着迎春的赞词，到每家去报春，挨家挨户送上一张《春牛图》或迎春帖子。在这红纸印的《春牛图》上，印有一年二十四个节气和人，牵着牛耕地，人们称其为"春帖子"。其意在催促提醒人们要抓紧时间务农，莫误春光。

游春探春

在民间，人们纷纷装扮起来，开始游行。队伍中由报春人打扮成公鸡的样子走在最前面，之后一群人抬着巨大春牛，后面的人打扮成牧童，牵牛的、打扮成大头娃娃送春桃的、打扮成燕子的，应有尽有。

赶春牛

先用泥土塑一只春牛，牛身披红挂绿，牛头插上金花，四蹄贴着金纸，高高地昂首挺立在木架上，由四个壮汉抬着，走在队伍的最前面。紧随其后的是由乞丐头子扮演的"春官"。"春官"打扮成古代官员模样，手执缠上红绿彩纸的芦秆做成的"春鞭"，一路"赶牛"前行，名曰"赶春牛"。

汉宫春·立春日

辛弃疾

春已归来，看美人头上，袅袅春幡。

无端风雨，未肯收尽余寒。

年时燕子，料今宵梦到西园。

浑未办、黄柑荐酒，更传青韭堆盘？

却笑东风从此，便薰梅染柳，更没些闲。

闲时又来镜里，转变朱颜。

清愁不断，问何人会解连环？

生怕见花开花落，朝来塞雁先还。

　　词人作此词时正逢他南归之初，寓居京口（镇江）。北方战乱，为金人所统治，他的家乡山东也不例外。词的上片，"无端风雨，未肯收尽余寒""浑未辨，黄柑荐酒，更传青韭堆盘"，写了立春时节，余寒未散，自然界气候多变，同时暗指南宋统治者惊魂不定、碌碌无为之态，宛如为余寒所笼罩。"年时燕子"三句，作者由春幡联想到这时正在北飞的燕子，可能已经把他的山东家园作为归宿了。"年时"即去年之意，这说明作者作此词时，离别他的家乡才只一年光景。接下来"浑未辨"三句，是说作者新来异乡，生活尚未安定，一种浓烈的故国之思，和时光流逝、英雄无用的悲伤，使他失去了备办酒席的兴致。

　　下片的一个"笑"字，打散了上片中的紧张和烦乱情绪，并领起以下五句。其所"笑"者，一是东风熏梅染柳，使万紫千红的春天渐次到来，作者取笑东风从此不得消闲；二是东风偶尔清闲时，不过是把镜中人的朱颜转换成衰老的模样。"问何人"，写足了作者被沉沉的家国之情、生命之悲所萦绕，急于摆脱又无可摆脱的痛苦。本词惜春惜时，怀念故国，同时饱含了对南宋统治者不作恢复之计的怨尤与愁思。

正因为"立，始建也"，一切只要从现在开始着手进行就不算太晚。我们需要树立远大的志向，它会一定程度地影响人生的方向，帮助我们克服困难和阻力；我们需要树立坚韧的毅力，它是战胜自我的武器。

愿大家自立春开始，整顿行囊，调整心态，踏上新的征程。

指导老师｜吕静

2019 届 8 班　何思源　梅竹

雨水——岁时有你，化雪成雨，恰逢希冀

细雨飘然而至，

春来不言离愁。

有麦青青于野，

有你在我心头。

她迈入家门，盈盈望向久别重逢的老门，这是多么熟悉的景象啊。雾气弥漫双眼，手中捧着鲜艳亮丽的红绸子，提着一罐肉，肉里包含相思。今天，是雨水，也是元宵。

东风解冻，散而为雨。

雨水三候："一候獭祭鱼；二候鸿雁来；三候草木萌动。"

《月令七十二候集解》说："正月中，天一生水。春始属木，然生木者必水也，故立春后继之雨水。且东风既解冻，则散而为雨矣。"

立春之后，气温回升，冰雪消融，降水增多，故名雨水。

你听见了吗？春天的脚步近了，春之声即将传遍大地。"一夜东风，枕边吹散愁多少。"当第一滴春雨滋润着干涸已久的大地，沉眠已久的万物开始了野蛮生长，它们悄悄地在地下伸伸懒腰，悠闲地冒出了一个嫩芽，打探着神奇的大千世界。

在这一天，出嫁的女子往往回娘家看望父母，带上红绸，提上罐肉。

把酒祝东风，且共从容。

雨水和诗

雨水是杜甫笔下的"好雨知时节，当春乃发生。随风潜入夜，润物细无声"。

雨水是韩愈纸上的"天街小雨润如酥，草色遥看近却无"。

雨水是陆游腕底的"小楼一夜听春雨，深巷明朝卖杏花。矮纸斜行闲作草，晴窗细乳戏分茶"。

雨水更是方向心中的"我看到好的雨落到秧田里，我就赞美"。

春雨贵如油，久旱逢霖，在漫长冬日中迎来一场春雨，该是怎样的欣喜若狂。雨水的欣喜化作诗意，在中国文脉上流传千年。

《易经》多次提及"遇雨则吉"，可见雨在农业生产中带来丰收的形象已经演变为生活中万事吉祥的象征了，雨水象征着好运，也象征着人们心中的希望。"莫为惜花惆怅对东风。"东风到，雨水至，纵使雨过花落，仍无须惆怅，因为更好的春天就要来了。

雨水到来的喜悦萦绕在心上，生机复苏，漫长的冬日萧索早已在雨水的冲刷下凝结在泥土之下。化雪为水，自然更加灵动，脱掉厚重的冬衣，恢复了活力，重新投入学习之中。

我们距离高考只有一百多天了，我们寒窗数载，在冬日雪藏，在春季萌发，只等最后夏花烂漫的一刻。

让我们接着讲开头的故事吧……

女子回首曾经的岁月，在家中等待的三年，她曾一度想念出嫁的光景，自由欢乐，曾经的岁月是多么令人怀想啊。

或许，你早已看出其中的隐喻了吧。是啊，我们宛如等待的少女，等待青春勃发。也许，我的比喻不那么恰当，但，心情都是一样的。

待到毕业，待到多年后再回母校走遍曾经的路，我们也会感伤，也会怀念。

最后的时光里，雨水捎来希望，也捎来憧憬，愿我们时刻保持活力，保持希望，保持一颗向上的、坚韧的心灵。

"愿得长如此，年年物候新。"

愿——明年此刻，你在，我在，情在，岁月在，回忆仍在。

指导教师｜吕静

2019 届 8 班　付亦婷

岁时有你——惊蛰

惊蛰，也称"启蛰"，是二十四节气中的第三个节气，标志着仲春时节的开始，太阳到达黄经345°。《月令七十二候集解》中说："二月节，万物出乎震，震为雷，故曰惊蛰，是蛰虫惊而出走矣。"

此前，昆虫入冬藏伏土中，不饮不食，称为"蛰"；到了"惊蛰"时，天上的春雷惊醒蛰居的动物，称为"惊"。故惊蛰时，蛰虫惊醒，天气转暖，渐有春雷，中国大部分地区进入春耕季节。在先民的眼中，似乎正是这初现的春雷惊醒了万物，然而，春季不断上升的温度才是蛰虫惊而出走的真正原因，至于春雷，还只是清风明月中的"细雨轻雷"，直到春分之时，它们才会成为节气最为显著的特征之一。

古代分惊蛰为三候："一候桃始华；二候仓庚（黄鹂）鸣；三候鹰化为鸠。"惊蛰三候所代表的花信为："一候桃花；二候杏花；三候蔷薇。"

在惊蛰时节，"桃始华""仓庚鸣""鹰化为鸠"所讲述的是在风和日丽中桃花盛开，蛰伏的鸟类复出鸣叫才是这一季最美丽的景观。我们的惊蛰之旅，也正是追寻着这一季的美丽春色，去发现阳和启蛰的万事万物。

在民间素有"惊蛰吃梨"的习俗。传说闻名海内的晋商渠家在雍正年间，十四世渠百川走西口，正是惊蛰之日。其父拿出梨让他吃，并告知儿子先祖贩梨创业，历经艰辛，吃梨是让他不忘先祖。也有人说"梨"谐音"离"，惊蛰吃梨可让虫害远离庄稼，可保全年的好收成。

"冷惊蛰，暖春分"，惊蛰时节气温变化较大，在穿着上要注意保暖，以"捂"为主。

春晴泛舟

陆　游

儿童莫笑是陈人，湖海春回发兴新。
雷动风行惊蛰户，天开地辟转鸿钧。
鳞鳞江色涨石黛，嫋嫋柳丝摇麹尘。
欲上兰亭却回棹，笑谈终觉愧清真。

雷动风行惊蛰户，天开地辟转鸿钧。惊蛰节气时，有蓬勃向上，复梦前行者；亦不乏气概万分，震天动地者；更有人默默耕耘，于无声处听惊雷。不知此时的你属于哪一类呢？

万物回春，只待山重水尽之时，便是一番柳暗花明。惊蛰之前，我们或许期待着一场贵如油的春雨，期待着诗和远方。祝愿我们在这个充满希望的季节里砥砺前行，于春日绽放。

指导老师｜吕静

2019 届 8 班　谌云聪

岁时有你——春分

　　春分，古时又称为"日中""日夜分""仲春之月"。《明史·历一》说："分者，黄赤相交之点，太阳行至此，乃昼夜平分。"所以，春分一是指一天时间白天黑夜平分，各为十二小时；二是古时以立春至立夏为春季，春分正于春季三个月之中，平分了春季。

　　古代黄河流域与之相应的物候现象为"玄鸟至，雷乃发声，始电"（《农桑通诀》）。这时我国大部分地区越冬作物进入春季生长阶段。华中地区有农谚："春分麦起身，一刻值千金。"春分亦是传统节日。在周代，春分有祭日仪式。南朝梁宗懔《荆楚岁时记》载："春分日，民并种戒火草于屋上。有鸟如乌，先鸡而鸣，架架格格，民候此鸟则入田，以为候。"《文水县志》载："春分日，酿酒拌醋，移花接木。"

　　中国古代将春分分为三候："一候元鸟至；二候雷乃发声；三候始电。"便是说春分日后，燕子便从南方飞来了，下雨时天空便要打雷并发出闪电。春分在中国古历中的记载为："春分前三日，太阳入赤道内。"

　　民间活动上，春分一般算作踏青的正式开始。放风筝，妇女小孩放风筝，并在风筝上写祝福，希望天上的神看到；簪花喝酒，无论男女老少都簪花；野外挑野菜，朱淑真《春日杂书十首》中有："写字弹琴无意绪，踏青挑菜没心情。"

　　天气晴好，已然有了春日气息。春日气息是什么？在一个下午打开窗户，扑面的风还是冷的，但空气中确乎有了冬日没有的东西。那是鸟儿啁啾的声音，融合在阳光里，成为一缕生机。当风儿也变得和煦，春天的感觉更甚，呼吸间是春花初绽，嫩叶悄然生长。

不是所有人都期盼春天，也许春天不过是个季节的代名词。而多数人都经历了许多载柳绿花红，早就习以为常。我们站立在有生命力的春天，却总要试图去感受秋的深沉与冬的静谧。现在，请我们感受春日的可爱吧，她不如冰冷文字那般无情苍白，她被万千清新颜色点缀。如果在冬日里遭遇了各种不顺，那便把希望寄托于春天吧。春天会以柔和的姿态，陪伴我们经历琐事，陪伴我们前行。忙碌中的人们啊，可停笔抬头望向窗外，看到满眼的春天时，内心能得到安慰。

> 每当樱花盛开时，
> 就会涌起的这种心情，是从何时开始的？
> 午后，在郊外的校舍，
> 杂乱的活动室桌上，胡乱撒开的乐谱，
> 总有种有些事想不起来的感觉，
> 仿佛始终有谁的声音，一直在呼唤着谁。
> 阳光一点一点地缓和着空气，
> 马上春天就要来了，
> 我一直寻找着那个睡眼蒙眬、打着哈欠，
> 轻唤我名字的人，
> 在这样的感觉里醒了过来。
> 此地是与那个街道相距甚远的大都会的一处小角落，
> 久远的记忆与春天的气息一起，
> 又在今年此时来到了我的身边。

品

筑真·

拾

年

青春，就像北京之春一样，短暂至极，绚烂至极。是一夜之间"啪"的一声绽放的花朵，是斜风细雨下顽强的姿态，是以热情迎接每一日朝阳的庄重。

春花易落，然而，青春永不完结。

当经历了诸多后再站在人生的某一处回首往事，大概会忆起——阳光下灿烂的校园，光影投射在满是板书的黑板上，鸟鸣婉转而清脆，空气中满是独属于春的香气……身旁伙伴扬起嘴角，开着不着边际的玩笑，和那些共同仰望过的云彩，晴朗的、无尽的苍穹。

这是我们共度的春天，是我们的青春，喜怒哀乐皆纯粹至此。

"纯粹即诗。"因此就请纯粹地微笑吧，纯粹地哭泣吧，笑容与泪水都将化为绚烂的诗篇。

而青春，将在翻开记忆的书页重读这些诗篇时，将在回想起过往的时光时，将在重新感受旧日那个满怀热忱与希望的绽放的自我时，再度缓缓而归。

"春啊，遥远的春天啊，闭上眼睑，她即在此处。"

随着冬天的过去、成人礼的结束，部分同学已经迎来了属于自己的 18 岁生日，另外一些同学也即将步入成年。这一段时间也许可以称为人生的春分时节，我们的人生即将步入新的阶段。

成年即成人，在很多人看来，18 岁的开启是一次狂欢，也有人觉得自己的 18 岁沉重得让人喘不过气，是接连不断的书卷、考题与考试，和高考不断临近的脚步声。我不想界定任何人的 18 岁应该做什么，怎么样成为所谓的大人。我们不需要成为别人眼中的 18 岁应有的样子。因为能决定我们发展的只有自己。

指导老师 | 吕静

2019 届 8 班　吕尧　刘昕　杨可

清明时雨

　　满树繁花堆积，风起如雨落。满地如雪的落花，也会让人不禁感伤这红颜凋零。清明祭祖扫墓，寒食不开灶火。最有名的冷食是青团。用艾草的汁拌进糯米粉里，再包裹进豆沙馅儿或者莲蓉，不甜不腻，带有清淡却悠长的青草香气。有的采用青艾汁，也有用其他绿叶蔬菜汁和糯米粉搅拌再以豆沙为馅而成。青团作为祭祀的功能日益淡化，而更多被人用来当作春游小吃。淡淡的艾草香气，在绵密的糯米团子中并不突兀。

　　广西人爱喝油茶，在清明也不例外。油茶闻上去是很浓重的生姜味，入口之后是涩涩的感觉，这让人明显感觉到茶叶的味道，随之而来的是姜呛鼻的辛辣味，但还能尝出菜籽油的味道。沏米的香甜也可以缓解生姜的辣味。南方湿润的天气，生姜便可以除湿，防止湿气浸入身体。南方人喜欢辣子也是因为如此。

　　清明节至，祭祖人不断，门前画个圈，纸钱香火焚。酒洒天地间，抛供敬亡灵，祈祷天地祥，安康幸福盈。愿天下孝子皆幸福安康！

指导老师｜郑莉

2020 届 1 班　赵婧瑄

谷雨小记

昨日是谷雨时节，未飘下一丝雨水，倒是印证那句"春雨贵如油"，不过今日的雨倒是来得一点也不吝啬。淅淅沥沥的雨敲打着窗，天色有些暗，看着雨滴从屋檐落下，击打着门前的台阶，万物的颜色似又鲜艳了不少。

谷雨时节。晨起，女子坐在落地窗旁，选好了陶釜，加入甜井水，煮至半沸，加入研磨好的谷雨茶饼的茶末，第二次沸腾时出现的沫饽全部杓出，倒入茶盂中，三沸时，将茶水舀入盂中，再盛入甜白釉盖碗中。热气氤氲，似有仙境之妙，窗外是淅沥春雨，屋内是春茶香萦绕，再配上蜜饯海棠，八宝甜酪，牛乳菱粉香糕这些玲珑的小食。

最末，是要有一本宜景的书，如《镜花缘》之属，皆为上选。一句"桃花流水杳然去，朗月清风到处游"竟是这谷雨的景象。灼灼其华，竟都付与这疏离春雨。"朔风如解意，容易莫摧残"本是叹梅之傲雪，却也不妨说给了春风，莫要摧残这窈窕春色。

远处仓颉祭祀已经开始了，锣鼓喧天，听闻当年清明祭皇帝，谷雨祭仓颉，祭礼场面隆重、热烈。参加的人中，又有几人是真心敬畏天神，渴望得到天神的庇佑呢？恐只有那些两鬓斑白的老人，认真地上香、叩拜，献上馓子、馃子、麻糖、献祭面花、水果点心、全猪、全羊之类祭品。

烟雨迷蒙中，几句戏曲声回响在山谷，即将在殿外搭台唱戏三天，这样的场景让我不禁想起山东沿海的祭海，人们都怀揣着对大海的敬

畏，真诚地祭祀，祈祷大海的馈赠。渔民们的幸福感来自每次出海后的满载而归。我望着窗外细雨蒙蒙，山峦缭绕。

谷雨的幸福就是在雨停后，在自家的院子里点上豆子，等到秋天，豆子成熟了，就可以制备豌豆黄了，虽说是些应季的吃食，也不比水信玄饼之类的新奇，但是自有自的韵味。

暮春还有一样常人家的小食，是春天特有的芽菜——香椿。嫩芽洗净后，裹上调好的鸡蛋液，在油锅里小火炸至金黄，用竹箸送其入口，薄脆的蛋液外壳下，是新鲜柔韧的香椿芽，满口溢香，在暮春略显燥热的天气里，配上一盏谷雨茶，清胃清心，虽不似鱼肉之类的香糯，却也没有白肉油腻，独具风味。

金乌归山，天色渐晚。雨，绵绵密密，醉在山风里，宿在池边春柳下，论谁，也无力招架，这春天将尽的"酒"，都不禁醉意弥漫。

指导教师｜邓琳

2020 届 9 班　赵婧瑄

第四部分 "天涯回响"

——那些走过的足迹与回首的眷恋

我们离开

我们离开了母校

离开了高中

离开了熟悉的环境

离开了筑真时光

我们走向

我们踏入了大学

走向了一个未知的旅途

走向天涯海角

现在的我们分散在世界的各个角落

独自经历着各自的生活

有想念

想过母校

想念单纯充实的学习生活

想过那一节节的筑真课堂

有迷茫

突然发现学习以外的生活并非是真的"天堂"

有更多的难题

有每天一不小心就到半夜的工作

有欣喜

收获新的技能

和志同道合的人一同欢笑

认识新的朋友

见到了新的风景

终于可以见识自己喜欢的世界

声音在此汇聚,感慨在这里分享

筑真十年,无论天涯海角

念念不忘,必有回响

2015 届筑真班班主任　陈丽琴

一晃，筑真十年，仿佛一切就在昨天。记得，我十年前接手首届筑真班的班主任工作时，心里十分忐忑。作为班主任，我把认真贯彻、落实学校办学理念和目标作为己任；把"培养优雅、宁静的文化气质，洋溢青春的精神，做有品质、饱满的人"落到实处；把"关注每个学生的生命质量和生命发展，寻找每个学生的增长空间，让每个学生的个性和才能得到最大限度的发展，让每个学生都能享受班集体带给他的学习生活的快乐和成功后的喜悦"作为我的筑真班集体建设的指导思想；把"筑真、乐学、笃行、共赢"作为班训，学生在学校、班级搭建的各个舞台上不断锻炼与成长，并散发出耀眼的青春光芒。我相信，筑真三年，学生所经历的过往将成为他生命记忆的亮点，并永远激励学生勇担社会责任，为国家建设积极奉献智慧和力量。

——陈丽琴　第一届筑真班班主任

一条不止于三年的筑真之路

（一）"筑真三年，人文三年，最终却不止关乎三年"——这是2015年7月3号，我们在"筑真的足迹，青春的声音"首届筑真人文实验班毕业汇演结束语里的一句话，但那时的我们正身处在离开高中校园、踏入大学之门的人生路口上，自然也只是一句想象和期许。

站在2022年北京的金秋时节，回望我们初次相遇的2012年，不免惊讶于时光飞逝，竟已过去了十年。十年间，高考取消了文理综考试，十五中的楼上有了金色的名字，初中部搬到了原来140中学的校址，刚入校时参加了60周年校庆的我们很快又将迎来母校的70岁生日……

不过今年25岁的我，也终于可以告诉18岁的我，"筑真"真的不是仅仅关乎三年。

（二）其实对我而言，进入筑真班是非常幸运的一件事。

作为十五中初中部的学生，初三时因为龙泉校区抗震加固的需求，我们整个年级搬到了高中部的校址，"霸占"了南楼，据说因为我们的到来，把当年高中的学长学姐挤到了实验室去上课。我们在这里上完了初三的课程、度过了体育中考，我还有幸和程可心在体育馆里主持了我们题为"夏日永恒"的毕业典礼。但当时自己的中考成绩并不理想，成绩出来后看着网上的预测分数线，一度以为自己可能要与十五中失之交臂了，更别提当年单独为一个专业招生的"筑真人文实验班"——尽管在中考前我就收到了这个在北京市备案的特色班级的宣传页。经过几天的煎熬，最后录取分数线尘埃落定：我踩线考"回"十五中——那种失而复得，甚至天降馅饼的喜悦，我至今都难以忘怀。

记得分班考试结束后到学校报到的那天，我在贴着分班名单的墙上从1班开始一行行看，在最后一张表上找到了自己的名字：自己从初三（8）班又走进了高一（8）班。在教室里落座以后，班主任陈丽琴老师穿着黑白格的连衣裙走进教室，她告诉我们，我们是首届"筑真人文实验班"——又是一份惊喜。后来我才得知，因为是第一年招生，一部分报考了筑真班的同学并不知道这是文科班，并且本人也没有读文科的打算。我因为他们的退出，根据分班考试的情况，才拥有了加入筑真人文实验班的机会。

陈老师自豪地介绍着上一届文1班学长学姐的高考成绩，介绍着他们的去处——也让我们开始憧憬起自己的高中生活和高中三年后的归宿。

就这样，我成为筑真人文实验班32名同学、6名男生之中的一分子。后来我和一起主持初中毕业典礼的程可心共同担任了这个班的班长。

（三）在筑真班学习是非常愉快的。我可以自豪地说我们的老师们是最牛的，他们的教学经验丰富，在课堂上游刃有余，而每位老师又是那么特点鲜明且亲切有趣：翟叙老师的幽默、张希涛老师洪亮的嗓门、陈丽琴老师可爱的口音、郑毅斌老师有趣的调侃、陈淑媛老师的优雅从容、徐燕玲老师的专注投入……记得刚开学的时候，每次上课我都会准备一张便笺纸，把老师们让全班笑声不断的"经典语录"随手记录下来，实在是太好笑了。后来大概半个学期以后我整理完发在了QQ空间里，现在偶尔打开看看，依然都能让自己穿越回那段无忧无虑的快乐时光——这真是难得的"史料"。所以，我们和每位老师的关系都非常融洽，与他们亦师亦友。

除此之外，历史的自制时间轴、地理的各式地图、政治的学案笔记、英语的语法试卷、数学的"名师一号"、语文的作文本，都成为陪伴我们三年的珍贵的学习资料，也成为我们在多年后依然可以心领神会的记忆标签。

在这样的课堂环境中，高一第一学期期中考试我名列全年级第四名，在期末考试又位列文科班第一名——这是超乎我想象的成绩。毕竟半年以前，我还是压线考进十五中的新生，几乎全年级同学的中考成绩都高于我。当然，这些数字在现在看来真的没有什么意义，也并没有延续到之后的任何一场考试之中，但对于当时的我来说确实是极大的鼓舞。

在这样融洽的班级氛围中，我在全班同学的支持下，两次当选为学生会主席团成员，在拉票环节他们帮助我一起录制了加油短片，在竞选现场为我喊起了"鹰击长空，鱼翔浅底，八班田宇，我们顶你"的口号，这些都让我记忆犹新，我也无比感激。

（四）十五中向来是以活动丰富多彩著称的，我们班级的凝聚力因此得到一步步增强，每个人也都在探索自己的更多可能性。

记得在高一军训结业演出上，我们班一起改编表演了歌曲《最炫民族风》；在主题为"人类群星闪耀时"的运动会入场式上，我们复刻了邓小平和撒切尔夫人谈判的场景，我还扮演了邓小平；在心理文化节的辩论赛上，我们在体育馆的舞台上和对方辩手讨论"高中文理分科利大于弊还是弊大于利"；在学生艺术节上，我和孙晨馨、朱晨嫣雯一起演奏了 *Summer*，并且登上了新年联欢会的舞台；在合唱节上，我们唱响自己谱写的班歌；在学生讲坛和午间音乐会上，我也和同学们多次登场。除此之外，还有心理文化节上的情景剧、诗歌节上的"细嗅诗香"、跳蚤市场爱心义卖……学校大大小小的活动，我和每位同学都能全身心参与其中，在各种舞台上锻炼自己的能力。

除此之外，我们的班主任陈丽琴老师还利用举办主题班会的机会，让所有同学在高中阶段都有策划组织活动的机会，都有"上台"的经历，这份用心浸润到了每位同学的心头——大家不仅可以在各种活动中寻找自己的闪光点，也在为自己寻求更多的可能性和突破口。

（五）其实陈丽琴老师更加用心的，是她从开学第一天就推行的"合作学习"。高一时，陈老师推行了"值日班长"制度，一名同学负责当天全班所有的卫生工作，并不像大多数班级那样按组做值日。现在想想，陈老师一方面是想强化我们每个人的责任意识，拒绝"划水摸鱼"，另一方面也是希望其余同学能够积极主动帮助当天值日的同学，主动发扬合作精神。特别是从高二开始，班里同学经过文理分科的二次选择后正式固定下来，24 位同学根据座位，临近的 4 个人成立小组，大家还起了有趣的名字，比如隔壁同学在陈老师的建议下取了"笨鸟组"，我们就顺着起名叫"慧飞组"，还有"汉唐盛世组"（因为全组同学都姓刘或李）、"尼尼组""RP（人品）组""和睦组"……

成立小组的目的，其实主要是针对像数学和地理（尤其是自然地理部分）这些文科生相对学起来有困难的科目，通过大家互相帮助讲解，共同提高成绩。正如一个理论所说，如果你能把一个知识点给别人讲懂，说明自己才真正理解了；我们在彼此的帮助当中也加深了对知识的理解，不会觉得给别人讲题浪费了自己的时间。特别像地理陈丽琴老师、数学郑毅斌老师，还有历史徐燕玲老师都把学习小组应用在了自己的课堂里，在上课过程中专门预留一定的时间供大家相互讨论交流。

后来，这样的小组模式也拓展到其他学科，只要有不懂的，只要别人会，甚至彼此有不同的解题思路，大家都在这样的碰撞中启迪了更开阔的思路；而文科当中也有很多考验记忆准确性的内容，如英语单

词、区域地理各山脉湖泊的经纬度位置、历史事件的年份等，大家也在互相提问中加深了记忆。

这样的经历其实不仅提升了我们的学习效果，更加强了我们的合作和沟通能力，这让我们真切相信集体的力量大于个人的力量。关于合作的主题班会我们也开了很多场，通过包括游戏在内的各种各样的形式，合作的意识在我们的心中更加深刻。特别是对我而言，在大学和研究生的学习过程中，遇到考试或是能力薄弱的环节，本能的反应也是叫上周围几个同学成立小组，如一起学习视听语言、一起写作学习新闻实务等，这些都带给了我们很大的收获，既相互督促，也取长补短。

当然，这样的合作学习也能够直接反映在我们的高考成绩中。在高考中，我们所有同学都超过了600分，在西城区甚至是北京市当中的排名也都很好。此外，我们还获得了"北京市优秀班集体"的荣誉。

（六）筑真人文实验班说到底还是一个特色班级，其中特色课程是最为重要的组成部分。我们开设了《生活中的经济学》《区域地理》《人文史话》等课程，这些极大地帮助我们拓展了视野，尤其是增进了我们对人文社科的具象了解，比如《生活中的经济学》里介绍了很多西方经济学里的概念；很多课程还采取了课程组的形式授课，我们可以领略不同老师的风采，这些都很有大学上课的感觉。

其中，陈淑媛老师开设的《电影欣赏与写作》我们上了两年。在一次论坛中我有幸听过她对电影选修课的介绍，她说开设课程的初衷是因为学生们写作文时，讲述的故事都十分单调且雷同，对于15岁的高一学生来说，可写的只有中考、军训。因此，本着拓展同学们视野的原则，加之自己又非常喜欢看电影，她决定以电影为抓手，使其成为帮助同学们推开世界之门的一把钥匙。据说，她为了开这门课，暑假到北大旁听戴锦华教授的电影课，后来又分门别类挑选适合中学生观看和理解的电影。

我们第一次上电影课观看的影片是《死亡诗社》，地点在一阶。当电影开始，灯光暗下来，荧幕亮起，音乐响起，我们走进了基丁老师和他带领学生们学习诗歌的世界。当最后基丁老师被迫离开，学生们在新老师的课堂里站在桌子上，以这种形式表达对基丁老师的怀念时，大家都很激动——其实对我而言，我在上高中之前几乎没有怎么看过电影，特别是这样让人有一定思考的经典电影，那种震撼是可想而知的。同时迷茫也一定是有的，因为说实话我没太看懂。好在这样的迷茫很快被打破了，随着上课次数越来越多，我明显感受到自己能够越来越容易地走进电影的世界。

看完电影的那一周一定有一项作业是写影评，不限题材、不限角度，有时陈老师会给出一个半命题的题目，如《看（××电影），说_____》，也是最大限度地给了每位同学思考、讨论的空间。在第二周的课上，我们会回到教室，陈老师也会逐篇批阅，把写得好的文章印发给大家，范文的作者也有机会在课堂里朗读自己的作品。而面对大家普遍看不太懂或理解不太准确的内容，陈老师还会组织大家进行讨论。印象很深的是有一次看《罗拉快跑》，这部电影的叙事方式很有新意，当时的我们并不理解为什么主人公罗拉一次又一次地奔跑，最终在陈老师的课堂讨论中我们明白，这部电影是在告诉我们人生蕴含着很多的可能性——正如她在课堂上经常告诉我们的"生活是一棵长满可能的树"。

除此之外，我们在陈老师的课堂里还看过戏剧等不同的艺术表现形式，比如北京人艺的《莲花》，她还在某一年的寒假作业中鼓励我们到北京人艺首都剧场里亲身感受话剧的魅力。在这两年中，我们既欣赏过经典的《肖申克的救赎》《海上钢琴师》《霸王别姬》《情书》，也欣赏

过新上线的《万箭穿心》《桃姐》《归来》，还欣赏过像《悲惨世界》这样的音乐剧电影……可以说，陈老师用她的语文课特别是电影欣赏课，帮助我们打开了通往世界的大门，极大地拓展了我们的视野。

陈老师曾经这样解释她的电影课，也多次在课堂上为我们讲述她的人生观：我们不能延长我们生命的长度，但是我们可以拓展生命的宽度。人的一生只能过一种生活，但我们可以通过阅读、电影，体会不同国家、不同时代、不同职业、不同命运的人生，这都在间接地帮助我们延展生命的宽度。除此之外，她自己也是一个热爱旅游、热爱美食、热爱阅读、热爱影视、热爱所有新鲜事物——热爱生活的人，每次上课她都会在讲解课文之余为我们介绍她最近的见闻。她真的在身体力行地帮助我们理解如何"诗意地栖居"。

（七）高二的 5 月，我们有机会前往四川开展游学活动。老师们把游学作为了一门课程，并命名为"四月天"。

前去四川，不仅是去玩，而是一次综合实践活动。出行前一天，我们就分组对四川的历史、文化、人物、文学、地理和美食等方面进行了充分的学习，依次向全体同学展示讲解。我们还与南充的一所中学和一所小学的同学们展开互动，召开两场主题班会，并举行主题演讲和学生讲坛。最终我们把两场班会的主题定为介绍北京文化和合作的力量，全班同学分成三个组，每个组也都在这个框架内自行设计活动内容，分别起了诸如"寻访北纬 40°的文化与生活""北京北京""1+1>2——合作的力量"等题目。准备的过程适逢期中考试，大家都在考试前赶出了策划案，并在考试结束当天就开始撰写主持词、制作 PPT。后来经过多次彩排，又根据老师们的意见建议对活动内容进行了反复修改、仔细打磨。我们还有五名同学承担了为小学生举行励志演讲的工作，大家从"理想"这个词出发，层层递进，旁征博引，都在有限的时间里努力做到最好。

我们第一天所前往的金城中学位于金城镇的老县城中，在山上，驱车两个多小时才到达。略感疲惫的我们到达金城镇后第一眼看到的竟是一个印有"热烈欢迎北京十五中学生老师来我校支教游学"的横幅，这样的欢迎让我们受宠若惊，也倍感温暖。后来与老师的聊天中我们得知，我们这一次来得到了全城的支持，当地电视台、报社记者都来采访我们。

在我与一位接待我们的初一同学交流时，他告诉我他们每天的晚自习要上到 8 点 50 分，家远的同学有时要走四五十分钟的山路来上学。"他们承受了许多本不是这个年纪所该承受的辛苦，但也正是这样的艰苦，让他们拥有了远远超于我们的毅力和坚韧。而且，大山深处的淳朴、时时看到云海的幸福，也让我们十分向往。或许，我们所拥有的幸福种类并不相同，但我们却有着相似的幸福指数，甚至他们的幸福指数远远高于我们，我们应该珍惜当下的生活"——这是那段经历给予一个 17 岁孩子的感受。

我们在朱德故里游览时体会到老革命家的革命精神，在阆中古城中体会到历史与民俗的气息，在都江堰青城山中体会到古人的智慧和道教清幽的氛围，在成都体会到城市中闲逸的生活风景。当很多课堂上、书本里出现过的内容真正出现在眼前的时候，那份震撼和惊喜，或许更能让我们明白向生活学习的意义。

出行前、出行中、出行后，我们竭尽全力挖掘出这次旅行的全部价值。回到北京以后，每名同学在陈淑媛老师的带领下都完成了旅行随笔，把自己旅行过程中最有感触的写成了文字，有些是对于此行中丰富而饱满的支教活动的感悟，如《走四川，说人各有志》《走四川，说总会有只言片语是他人的一片天》《走四川，说小城镇中的大理想》，还有

些是对于沿途风景的描写，如《走四川，说青城山》《走四川，说人与自然的和谐相处》。除此之外，我们还在徐燕玲老师的带领下完成了一篇小论文，如有同学参观了阆中古城的乡试贡院后写下的《贡院与古代科举制度》，也有同学品味鲜香麻辣的川菜后完成的《川菜的前世今生》，还有同学游览过都江堰青城山后写下的《都江堰与中国古代智慧的水利工程》《仙经最说青城峰——青城山与儒释道的缘分》等。

在和老师们汇报这次课程的时候，我们引用了《天堂电影院》的一句话："不走出去看一看，你就以为这就是整个世界。"我想，这就是"四月天"带给我们的意义。

除此之外，高一时到山东微山湖、台儿庄游览，高三时到金山岭长城"看万山红遍、层林尽染"，都给我们留下了非常美好的回忆。中学时代的集体记忆与大千世界的美妙相互交织，这样的经历难能可贵。

（八）转眼高考就结束了，三年高中生活就结束了。在毕业典礼上大家相拥时，并没有太多作别的感觉，因为我们还有最后一项课程：毕业汇演，陈淑媛老师给它命名为"筑真的足迹，青春的声音"。我和几位同学有幸作为策划组的成员，最终选择了以毕业旅行作为线索，串起高中三年印象深刻、影响重大的事情，我们选择了微电影、话剧、情景讲述的方式，再现了电影欣赏选修课、合作学习、"四月天"游学所带给我们的触动。

毕业汇演的结尾，我们再一次唱响了两年前在体育馆舞台上唱响的班歌《清风流年》——这，更像是真正属于我们的毕业典礼，也是我们筑真人文实验班课程体系的最后篇章。同时，第二届筑真班的同学还用快闪的形式演唱了歌曲《一生有你》，我想这既是一种祝福，更代表着筑真班的薪火相传。

"筑真"即筑造真诚、率真、纯真，"人文"则代表着包容、细腻，热爱并享受生活，追求自己的人生价值……回顾起"筑真人文实验班"的课程，有的教我们"读万卷书"，有的带我们"行万里路"，其实大多和高考无关，可以说是无益于应试的，甚至可能会"浪费"刷题的时间。但是从长远来看，这些课程虽然并不像"药到病除"般有立竿见影的影响，但却在我们的心中埋下了一粒种子，随着时间的推移让我们越发认识自己、认识世界，润物无声地召唤着我们成为更好的人。

（九）从离开北京到武汉上大学开始，我就已经感受到筑真班所带给我的"仗剑走天涯"的勇气。我本科专业是财政学，但在大学生活特别是学生会的工作经历之中，我发现了自己对新闻传播工作的兴趣，在我眼里，那是时刻在与新鲜的人和事打交道的工作，那是可以用自己的脚步和视野丈量世界并塑造自己世界观的途径，那是可以去近距离感受不同的人的命运故事的活动，那是可能能给世界带来一些改变的事业——现在想想，这难道不是筑真班的课程所鼓舞我的吗？当时，在怀揣着这样的想法但并没有勇气扭转我的人生方向时，我带着这样的人生选择征求了我的班主任陈丽琴老师的意见，她热情地鼓励着我向前努力，给了我极大的勇气。

从大四时跨专业报考北大新闻与传播硕士，到落榜后入职中国人大杂志社做编辑记者；从工作一年后又决定边工作边准备研究生入学考试，到以专业第一的成绩顺利考上中国传媒大学；从辞去原有的工作、重新回到学校做一名学生，到现在准备毕业、重新寻找新的职业平台……我这五年时间被很多人夸赞"勇敢、有魄力"，自己也觉得挺"折腾"，但我明白，实现梦想的道路上一定会有各样的选择，也一定会有牺牲和困难，我的选择既然是继续探索人生的多种可能性，那么认定的道路就要坚持向前走——这应该是筑真班所给予我的"理想主义"，也是它赋予我勇敢追梦的动力。

特别幸运的是，去年我还在朋友圈里看到陈淑媛老师尝试着玩剧本杀，已经 60 多岁的人热情高涨地玩着年轻人的游戏，这让我既惊讶又佩服。于是在当时一门需要拍摄一个纪实段落的课程中，我邀请了陈老师作为我们纪录片的主人公，她欣然答应。我和我们小组的同学们一起和陈老师进行了许多课堂之外的交流，一起又尝试了很多新鲜的事物，也让我更进一步地领略了她的人生哲学，我的同学们也都有很多启发——筑真班的精神还影响了我周围的人，延伸到了更远的地方。

（十）我无比幸运能成为"首代筑真人"的一员，我十分感激，也永远骄傲。首届就意味着从零探索，我们注定会成为未来一届届筑真课程探索的垫脚石，这也意味着未来的一代代学弟学妹都会获得比我们更好的学习和成长体验，这更加让人期待筑真未来的神奇魅力。

在筑真十年的时间节点上，回望那年毕业汇演上的这段结束语，仿佛更让我们感慨：这或许就是我们"首代筑真人"的心声和初心——三年时光不短不长刚刚好，时间的脚印却无一例外地一步一步踏在所有筑真人文实验班人的心上，因为体验太多，感触太多，经历太多，成长太多，一切都留下深深的烙印。回忆留于心也时时涌现于心，筑真人文带有的独特气质晕染到了每一个同学的生活点滴之间。

站在高中毕业这一时间节点之上，回望三年征程，必然是有磨砺困苦，也有欢歌笑语，这些终究使我们成为更好的人，拥有更多面对生命挑战的勇气。所以筑真三年，人文三年，最终却不只关乎三年。因为筑真是"一种明亮而不刺眼的光辉，一种圆润而不腻耳的声响，一种不再需要对别人察言观色的从容，一种终于停止向周围抱怨的大气，一种不理会哄闹的微笑，一种洗刷了偏激的淡然，一种无须声张的厚实，一种并不陡峭的高度"。

相册中的照片不会只停留在三年间的点滴，人生路途不止，脚步也不止，筑真是时刻延续的，所以相册也将时时更新下去，见证我们筑真品格的无限延伸。携手并肩不会就此结束，大家会一路同行，并会一起把这三年所有美好的回忆都装进行囊，一起相约在人生的下一个路口——再见。

——2015届筑真班毕业生　田宇

2016 届筑真班班主任　彭云

2016 届筑真班班主任　常莉

　　对筑真的记忆停留在窗边的风，窗外的玉兰与银杏，那些在校园里踏青的活动课，那些在课堂上看电影的讨论课，那些散在贵州山水间的游学课，那些短暂的、难得的、启发自我的课堂。

　　无论是吕校长带我们开展的"四月天"游学活动，还是阮老师带着我们做的历史笔记册，无论是班主任常老师带着我们一点点做出来的班刊，还是那些汇集了青春笔墨的写作集。现在再回首看我们当初稚嫩的思考、我们珍爱的友谊、我们所呼吸到的青山绿水，我们留下的回忆都如此的难得与宝贵。永远记得吕校长在我们高中第一节课讲的是《当你老了》，而高考前的最后一节课老师又带我们聊回了现代诗，她说，要有始有终，我们高中三年由诗歌开始也就要由诗歌结束。她想要让我们记住诗歌带给我们的感觉，记住语文的内涵远超考纲。那些我还没上大学就接触的阅读讨论课，整个课堂里聊得人声鼎沸，讨论一个又一个深刻的话题，一次次鼓励我们自我表达的写作作业都在那时被我真切地期待着。后来的生活里，这样好的氛围和这样好的同伴与老师遇到得太少了，现在才发觉当初弥足珍贵。

也是依赖于高中时筑真留下的那份真诚的心性，小组合作这种观念伴着我一路的学习生活。直到现在我步入社会，仍然没办法调整到凶残的竞争状态。但我知道我是幸运的，我仍然相信协作的力量远大于孤军奋战，所以大学仍然抱着这个心态交了很多的朋友，大家相互扶持到现在。

那些看似"虚度时光"的游学里，有地理老师边走边给我们讲山河湖海，有学生们自己整理准备策划活动的团结。山水的滋养，灵魂的解放，从课本里跳出来时每个人的个性都在闪光，学生得到了尊重和解放。我看到了西南联大的影子，看到了一次次的讨论，一次次的课程展示，一次次真正的写作，一次次的包容和鼓励是如何把真正的人文印在了我的脑海里。那个时候，个人价值观正在慢慢建立，自由的风吹进来，人难免有些手足无措，但适应了就好过闷在"铁屋子"里无法呼吸。

今年是筑真班的第十年，多希望它好，希望它能鼓励更多的孩子相信善良和真诚、求知欲和努力的意义。我不知道要怎么感谢筑真，是它帮我再次建立了自信，也让我对世界和同伴多了些许的信任，以此能在动荡的生活中常怀信心地坚持下去。

——2016 届筑真班毕业生　陈凡玉

记得曾经我和十五中老师聊天，我常说，十五中是我灵魂和思想的起点，是我的"启蒙运动"。在进入十五中筑真班之后，我才真正开始注重学习，注重思考，注重文学对于生命的滋养，我想这是很少有其他学校可以比拟的，这也正是我十分感激我将人生宝贵的三年托付给十五中筑真班的原因。仔细想来，我觉得筑真班对于我的教导有许多，但最重要的是这两个：

（1）读书与做笔记。高一、高二两年我们除了学习日常的课文以外，更多的时间是在赏析诗歌、散文，看电影，并做读书笔记和读后感分享。即使到了高三，我们也依然用很大一部分时间来赏析"人间词话"。十五中让我明白，人生中有很多短时的事，学习很重要，考试很重要，但作为一个灵魂饱满的人，在这个急急躁躁向前赶的世界里，给自己留下时间安静欣赏一部好的作品滋养自我，也是一个与"高考"同等重要的课题。今年我24岁，已毕业六年，读书并做摘抄做笔记的习惯依然在。

（2）树立正确的人生态度。记得当年临近高考，我历史不好，去问老师："我还来得及吗？"老师答："我说来不及你就不努力了吗？"一语点醒梦中人，后来好好学习果然赶了上来。更多的是带我发现了自我的潜能，带我学会了正确面对压力和困境的态度。这些能力远比成绩重要得多，也在我后来的很多艰难日子里，一次次带我渡过难关。

即使毕业多年后，我也会常回十五中来看望老师，一方面是想念恩师，另一方面也是来"充电"，在学校走一走对文学艺术与美纯洁的欣赏和积极的人生态度便能重新浇铸在自己身上。

——2016 届筑真班毕业生　李想

在筑真班的三年是现在想来仍然心怀感恩的岁月。那些文学诗篇、历史典籍、地质科学和社会时闻因为专题讲坛、分享会、研学变得生动真实。我感激午后的读书心得分享，感激同窗分享用心整理的历史学习笔记，感激温和四月天里贵州的研学之旅……与其说是我在探寻新知识，不如说是它们围绕我、构建了一个新世界，一个我从未触及过的、充满人文情怀的世界。在这里，"守直筑真"教会我做一个有态度的人，引导我从不同的视角亲近世界，让我学着保持真诚和善良，勇敢尝试，不断经历青春。回首过往，"筑真"二字看似无声无息，却早已融入点滴细节中，汇聚成属于青春的斑斓故事。

——2016届筑真班毕业生　王玉菲

在筑真班学习生活的三年是充实、快乐、幸福的三年。细想一下，这种幸福来源于三个方面：一是对于课内课外知识的汲取和探索，筑真班的特色游学活动、学校小而美的博物馆、丰富多彩的课外活动让我打开了眼界；二是我身边的可爱同学和老师们，他们有趣有爱有想法；三是筑真班对我人文思想的长期浸润。从高中开始，我逐渐建立了批判性思维，学会理性分析并从多种角度考虑问题，不贴标签、不盲目定性。直到今天，我始终牢记的是叶芝、辛波斯卡、里尔克……这些熠熠闪光的名字和他们的诗篇，我想这也是筑真给我的最宝贵的财富——对文学和艺术始终怀有热爱，并时刻为人类的温暖和真诚而感动。

——2016届筑真班毕业生　孟彤

三年的学习，可以让一届学子在拼搏奋斗中获得成长，朝着远方的蓝海勇敢启航；十年的坚持，可以让几代少年的灵魂得到人文精神的滋养，笑对生活的阴晴雨雪并欣欣向阳；七十年的奋斗，可以让万千人民得到知识的力量与武装，助力一个国家从一穷二白走向繁荣富强。

恩师留厚德，学子寄深情。能够在北京十五中度过青春时光，真的是人生中最幸福的事情之一了。三年来，在领导和老师们的帮助下，我们不仅学到了知识、结识了同窗，更开阔了视野、磨砺了意志。尤其

是筑真班开设的人文阅读课程和实地游学等特色活动，真正地将人文精神带入我们的日常生活之中，为教材中罗列的知识点增添很多温度与厚度。这独特的教育与经历，时刻给予我奋勇向前的勇气，即便身处异国他乡，也能不忘初心坚定地做一棵"守护月亮的树"。"守直筑真"，不仅是独属于我们北京十五中学子自己的精神家园，更是照耀我们人生旅程的精神之光。在这特殊的日子里，再次向亲爱的母校致以最诚挚的祝福，愿母校永远辉煌，在新时代的征程上再添馨香！

——2016 届筑真班毕业生 王悦祺

从十五中筑真班毕业的第六年，我完成学业，开启了"打工人"模式。回首十余年的学习生涯，在筑真这三年算是一段特别且有意义的日子，也是对我未来人生影响最大的三年。很多片段在脑海中闪过，挑几个令我印象深刻的讲讲吧。

总爱斜梳一根麻花辫的吕校长教我们读诗，就算在高三学业最紧张的时期，也抽出时间来带我们领略诗和远方；我不爱背英语单词，班主任常老师就时常点我起立拼写单词，从前为了不在抽查时"露怯"，我会特意在课前看几遍单词表，如今也明白了老师的一片良苦用心；我喜欢唱歌，在筑真班毕业演出时和同学合唱了一首《当你老了》，回想起曲终时台下老师和同学眼中闪过的泪光，总能带给我感动和怀念……

念念不忘，必有回响。今年是十五中建校 70 周年，筑真班也成立十年了，希望母校的一切都好，也希望有机会能回家看看。

——2016 届筑真班毕业生 何蕊

我的高中生涯是在十五中的筑真人文实验班度过的。回想三年的"筑真岁月"，那一堂堂课，一缕缕晨光，一片片晚霞，曾见证着我们的青春与朝气。此刻，它们如一帧帧镜头，一幅幅照片在我眼前浮现，勾勒起那些年的记忆与时光。在这三年中，我们上过许多老师的课。我认为是最有"筑真味儿"的一门课程，是语文吕静老师开设的"智性阅读"课。许多有价值的话题在这里被唤醒并展开讨论："诗意地栖居""永恒的乡愁""人的高贵在于灵魂""向死而生"等。梳理文脉、研究作者的写作手法、积累写作素材、分享心得体会，每一篇文章都有一番收获。

时间流逝，多年后许多细节也许已经模糊，但是它沉淀下来一种心灵深处的观照，如果用关键词的方式来描绘的话，可以有"人文""诗意""思想启迪""自我价值""社会价值"……我称其为最有"筑真味儿"的课程，是因为它充满着人文气息与社会关怀。它们不是具体的存在，却在更深远的层面上影响着人。这是与筑真班设立的宗旨一脉相承的。

何为"筑真"？"真"为何物？陶行知先生曾说"千教万教教人求真，千学万学学做真人"，这是教育的终极目的，即让人成为一个"真正的人"。关注真实、捕捉真相、探求真知、追求真理、信仰真诚，是学习的终极目标。在筑真班的几年中，我们通过各种具体的行为在实践着它们，追求着它们，希望守住那一份灵魂上的纯真，成为一个"真正的人"。而这些精神价值也一直伴随着我，成为我践行的准则与努力的方向。

今年是十五中建校 70 周年，应老师们之邀以一个"筑真人"的身

第四部分 「天涯回响」

份写下这些文字，谨以致贺。希望"筑真精神"永远闪耀着它的光芒，成为学子们身上独特的气质。

——2016届筑真班毕业生　唐健辉

自2016年从筑真班毕业已经六年了，多幸运还总能听到来自这里的声音。每每回想高中的生活，虽然记忆片段已经零散，但留下的鲜活镜头都是闪耀的瞬间。而实际上"筑真"带给我的一切，早已融入生命。

同窗共栖，三载相伴。筑真班不仅给予我无数学生时代的青春回忆，更让带给了我相知相伴的真挚友谊。各有志向的伙伴，倾心相诉的密友，走向各自的人生我们都会沮丧、会迷惘，但相聚就能不忘初心，虽经磨砺，归来仍是少年。

桃李不言，下自成蹊。如今我自己也在教育领域迈出了脚步，于是越发感恩与敬佩成长过程中给予我引领的老师们。作为学生的回忆与作为教师的视角交织，更深刻地体会到老师们对学生的真情与关爱、对教育的理解与用心。

天涯回想是惦念，是归处，是遥望相伴。"筑真"是希冀，是践行，是信念恒久。在此祝福母校70岁生日快乐，感谢曾经教导我们的老师们！

——2016届筑真班毕业生　王雅菲

2017 届筑真班班主任　张永华

2017 届筑真班班主任　徐燕玲

　　三载与筑真同行，往事如昨，历历在目。下课铃声后的社团活动；操场乐声下的特色运动；高三号角吹响时的奋楫扬帆。母校的精心培育、筑真班的特色教学、老师们的谆谆教导，成就我努力向梦想奔赴的誓言，激励我在新的求知领域不断探寻，成为有品质、饱满的人。高中时代积累的知识、拓宽的眼界以及培育的自信，让我以更加昂扬向上的态度面对未来、不断成长。星霜荏苒，时光不会驻足，但在筑真的收获会一路相伴。锦时筑梦，且待芳华，感谢母校，感恩筑真。

——2017 届筑真班毕业生　张淼

　　从筑真班毕业已经到了第五个年头，经历了四年在高校的风风雨雨以及一年的职场生活，回想在筑真班三年的学习，越发觉得，筑真班塑造了如今的我。

高中是一段十分矛盾的时期，我们是学生，但毕业即成人。正因如此，高中生活对于我们社会意识的启蒙至关重要。在这段时间里，筑真班教会了我很多。她带我们去体验，那年到云南游学，走进当地的学校里亲自策划了一场场交流会；她带我们去实践，参与学生会、社团、校内活动，切身了解到了何为组织、何为策划，也为未来发展埋下了待萌芽的种子。毕业后在高校乃至社会中所经历的种种，恍然如梦，有了一种"这我经历过"的感觉。

　　2014 年秋天，十五中校门口，"筑真人文实验班"名单上有我的名字。我满心激动，回过头，向校门外的父母比了一个"胜利"的手势，从此我的生活走上了现在的轨道。

　　时至今日，回顾过往，仍感慨万千，心怀感激！

——2017 届筑真班毕业生　张嘉硕

2018 届筑真班班主任　贾永红　　　2018 届筑真班班主任　张依依

我们在此填好人格的底色

——贺十五中筑真班成立十周年

又是一年初秋，天气转凉，校园转暖。毕业多年，高中生活的记忆仍然鲜活，那些片段和形象在同学们每年的聊天局中自然又突然地一一闪现。非常满足，我在十五中度过了在松弛中进取的三年。

"松弛感"是今年很火的词，我认为它是目标清晰、行动力饱满、信心充盈、得失心淡泊的综合产物，也是"守直筑真"能带给我们的。这四个字所覆盖的范围已远远地超过了课业和分数，与人生的广度相匹配，与精神的格局相弥合。

在十五中，有许多机会和空间，让你去寻找你的喜好、你的强项、你未来的追求目标，明确心之所向；这里还有尊重和包容，你的个性、

你的态度、你的观点都能得到保护和培育，让你能够做自己；最重要的，这里有真、善、美，这个老得陌生的词语，或许是教育中最重要的部分，它塑造人格、雕刻灵魂，构成了大家面对未来一切未知、磨砺、成就时的底色和底气。

在认识世界、认识自己的阶段，成长在"守直筑真"的氛围中是无比幸运和幸福的事情，它对我的影响太过绵长，尚有越发强烈、深刻的趋势。我很感谢在这里认识的每位老师和同学，是每一个有品质、饱满的人的能量集合，将这所校园的边界延伸至无限远。

最后，祝愿学弟学妹们能够在这广阔的世界，找到自己的轴心，自在诗意栖居。

——2018 届筑真班毕业生　董可馨

回顾这段在筑真班的高中时光，最深的感受其实是快乐。很简单浅显的情绪，放到今天来看，当时的快乐要纯粹很多。特别庆幸在十五六岁的年纪，我们没有被束缚住手脚，局限在发型、规矩、丑校服这种俗套的青春期烦恼里。我更像一只风筝，顺着风无拘无束地成长，去新年舞会上跳舞，去歌手大赛上唱歌，去聊地球另一端的动荡时局，去看沙漠和戈壁滩，用未经雕琢的心性去探索世界。但又在玩得太野的时候，被牵着风筝线的老师往回拉一拉，考上了还不错的大学，现在能做着一份很喜欢的工作。总之很感谢，筑真班为我打造的肆意又洒脱的十几岁，感谢这一段已经被我放到橱窗高处，像水晶球一样美好的高中时代。

——2018 届筑真班毕业生　孔逸飞

筑真人文实验班十周年快乐！感谢曾经三年在这里学习生活的时光。

从我自己的学习生涯来看，筑真班对我的影响可以说是至关重要的。我是一个容易受到外界环境影响的人，而筑真班正是一个好环境的塑造者。没有在这里的学习，我也很难考上人大。

"与君子游，芝乎如入兰芷之室，久而不闻，则与之化矣。"班里的人不算多，但是大家志同道合，非常纯粹，仿佛一个小家庭；学习压力不算小，但整体的氛围却并不沉重，是一种大家相互影响的良性学习状态。可以说，在这里，我的三年是愉悦的，在高考压力步步逼近的时候，这种氛围和心态也给了我不小的帮助。

最后，感谢老师们的谆谆教诲，感谢班主任贾老师的言传身教。深入浅出的讲解、梳理清晰的知识、轻松严肃的课堂，犹如春风化雨、润物无声。可以说，筑真班"小而精"的教学模式，让我的学习过程有了事半而功倍的效果，实在是我的幸运。

再次祝福筑真人文实验班十周年快乐，越办越好，桃李天下！

——2018 届筑真班毕业生　李瑶琪

转眼间，我从筑真人文实验班毕业已经四年了，回首那段岁月，筑真班给了我太多美好的回忆。

筑真班是一个有爱的集体，一个向上的班级。时隔多年，每次想到贾永红老师面带愁容的"上次提问到谁了"，张燕玲老师京味十足的"行吧"和翟叙老师纯正的"Open your textbook"，我仍然忍俊不禁。坦率亲和的老师们、活泼热情的同学们让我的高中生活充满了欢乐，我们一起在运动会入场式上"大放异彩"，在合唱比赛"一展歌喉"，在毕业晚会上"各显神通"。

筑真班是与众不同的，这是一个充满着人文情怀的班级。在现代社会中，我们面临太多艰难的选择，而正直和真诚是我们不能放弃的宝贵品质。"守卫正直，建筑真诚"是筑真班的价值追求，也是筑真班教会我最重要的东西。

感谢筑真班，祝老师们桃李芬芳，同学们前程似锦，筑真班越来越好！

——2018 届筑真班毕业生　李东辰

2019 届筑真班班主任 唐啸

2019 届筑真班班主任 常莉

2019 届筑真班班主任 王月姝

2019 届筑真班班主任 刘娟

守"筑"这份真挚

初闻"筑真实验班"是在高一刚入学的时候，并不能解其中的深意；如今再说起它，我视它为人生中最珍贵的回忆之一。

三年中，我遇到了许多可爱的老师，如今还能清楚地记住每位老师的慈祥的面孔、认真的板书、幽默的语言、充满智慧的头脑。三年中，我还遇到了无数可爱的同学，我们互相鼓励、陪伴学习，度过考前最难熬的时光，这些友情我至今仍然非常珍惜。三年中，我有幸经历了许多筑真班独有的游学活动，壮丽的敦煌、温润的成都……

上了大学才发现，原来高中生活是幸福的，学习很累，但每天上学我依然很开心。我说，我高中基本都是"玩"过来的，而我的大学室友却不认同我的观点，究其原因，筑真班并没有把我们培养成为一个"学习机器"，我们有目标，但玩命学习并不是通往目标的唯一道路。在前段时间"小镇做题家"概念流行的时候，我也曾以为我是个只会做题、对一切都畏手畏脚的人，但是我依旧渴望尝试所有的东西，尝试书本外的东西，哪怕会失败，哪怕得不到好的书面成绩，我也愿意去尝试，而这就是高中三年带给我的东西——勇气和好奇心。

筑真班是个充满了很多人文关怀的地方，学校的教育理念、培养模式我都很喜欢，如果说理科班的老师们都强调智商很重要，那我们文科班每天强调的就是情怀了，把眼睛从书本上挪开，看看自己呀，看看他人呀，看看社会呀。在各种活动中我们可能会收获很多学习不到的东西，比如演一部喜欢的戏剧，分享读书成果，做一些关于传统文化的公众号等。

因为备战高考，我和同学们成为战友；而因为我们有着在筑真人文班的共同回忆，我们成了家人，也和老师们成了朋友，这就是筑真班的氛围和凝聚力，大家是彼此关心、彼此相爱的。

我真心感谢三年里为我们付出和陪伴我的老师们、同学们，以及努力着的我自己。筑真班带给我的，不只是知识，不只是快乐和感动，更是综合素养的提升，还有一种源源不断的能量，鼓励我在艰难曲折中往前走、去尝试我热爱的东西。

——2019 届筑真班毕业生　何思源

虽然已毕业三年，但每当我看到"筑真意叶"公众号上新发的文章时，心中总是激荡着一股暖流，不禁回想起那段真挚而美好的高中时光。对于筑真班最初的印象来自"守直筑真"的校训，我对此的理解是：在喧嚣浮躁的世界中，坚定自己正直的立场，保有一颗纯真善良之心。我一直将其作为自己努力的方向。

何其有幸，我与良师益友为伴度过这三年。印象最深刻的莫过于高中时的两次游学活动，让我有机会以筑真的视野探着世界。在大漠深处我们探寻着中国的文脉与搏动的生命，在天府之国我们感受着造物的神奇与古人的智慧。有的影响虽然无形无声，但经过岁月的考验会更加深刻。此去经年，还记得在筑真毕业汇演上，我们歌唱着、说笑着，曾经想留住的一抹韶华，如今发现早已镌刻在心里。现在筑真班已经成立十年了，希望它越来越好。

——2019 届筑真班毕业生　黄新悦

在筑真班的三年一直是我非常珍贵的回忆，感谢筑真班的特色课程，筑真阅读让我有机会细读红楼、细品十二钗，每每回想时总令我感慨，能够沉浸在书中的时光是如何快乐而单纯；筑真游学带我行过甘肃与四川，敦煌的大漠落日与峨眉的雾中金顶是我此生难以忘怀的奇观。感谢筑真班的老师们，我自认为不是一个足够勤奋的好学生，感谢他们对我的宽容、关怀与指引，让我能够关注成绩之外的广阔世界，成为对人真诚、内心饱满的人。感谢筑真班的同学们，我至今仍记得在校园各个角落、在放学路上与同学们探讨那些奇妙问题的时光，感谢他们为我打开众多领域的大门，让我有更多元的角度去思考人生、思考世界。还要感谢筑真班构建的人文氛围，让我学会关注个体、选择学习艺术，并让我成为现在的我。

　　最后，再次感谢筑真的一切，无论离开多久，筑真永远是我寻得灵魂安宁的精神家园。祝福筑真，祝福母校，愿如长庚，闪耀不灭。

——2019届筑真班毕业生

　　提起高中三年岁月，我百感交集，一时竟不知从何落笔。倘若无拘无束，或许我将长篇大论、洋洋洒洒写出几页来。翻开这本快乐美好的记忆之书，最鲜活的几页便是高一、高二的游学活动。

　　我们曾一起穿过朔北大漠，在驼铃阵阵中迎接天边的落日余晖。那穿过荒漠的风，带着敦煌遥远的记忆从耳畔掠过。早已于千年前沉寂的佛音，也在那一刻响起，侧卧的佛尊拈花而笑，祝福着我们这些仍然青涩的少年。

　　我们也曾拜水都江堰，问道青城山，乘云上峨眉，寻访报国寺。我们还去了三苏祠，看旷世奇才洒脱挥笔点墨，一蓑烟雨任平生。我们造访杜甫草堂，体会"吾庐独破受冻死亦足"的家国大义。我们漫步武侯祠的赤色回廊，清风徐徐，竹林窸窣，诉说着当年那段蜀汉风云。

高中三年不仅是一段快乐的时光，更是塑造我性格和三观的重要阶段。

毕业至今已四年之久，每当世界不同地区发生特殊的自然状况，我都会想起学过的地理知识，分析成因。而大学的不少课程，我也学着用高中历史课学到的"构建上位思维"进行思维导图的绘制和总结。筑真班带给我的那份人文情怀，早已深深融入血脉，成为人生中不可分离的一部分。每位老师站在讲台上授课的神采焕发，我仍历历在目。

刘娟老师带我们遨游古籍名著之海，在阅读中遍历红尘嚣嚣，感受人间百态，她也教给我们说不完道不尽的人生哲理，使我树立了正确的价值观。张冀老师点燃了我对英语的兴趣，也使我确定了今后的专业方向。就连文科生相对苦恼的数学，刘建莉老师也用自己独特的教学方式，让我们建立起理性思维。阮其红老师从第一节历史课开始讲的"上位思维"，使我至今受益匪浅；张希涛老师有名的"斧头换大米""物质决定意识"让我们感受到了来自经济和哲学的魅力；陈丽琴老师生动有趣的课堂，带我们领略了来自大江南北、五湖四海的地理风景。

记忆中还有许多曾经教导、关怀过我的老师，以及班里每一位友善可爱的同学们，行文至此，尽是无限感激。

我将这本写满故事的记忆之书翻至末页，看到那里坚定有力地书写着：得遇筑真，三生有幸。

——2019 届筑真班毕业生

我很荣幸受到刘老师邀请写这篇天涯回响，转眼筑真班已走过十年，而我也已是大四。回望在筑真班的三年时光，从被十五中录取时不知所谓"筑真人文实验班"为何"物"，到四月天游学去敦煌成都问山拜水，再到毕业汇演或笑或哭着惜别伤离方寸乱。三年的点点滴滴，人文精神像一束火苗在我心中种下、萌芽、燃烧。做有品质、饱满的人，"守卫正直、建筑纯真"。"筑真"精神深深地影响了我，它教会我为生命中的美好而感动，教我在往后的人生继续坚定地热爱和追求。感谢筑真班，感谢一路上的每位师友，我们是彼此人生岁月里的星辰，"筑真"精神让我们相遇，彼此闪耀。愿筑真班越办越好，愿"筑真"精神常伴你我同行。

——2019届筑真班毕业生　何劲

回想起在筑真班度过的三年，依然能够清晰地记起每一位老师讲课时的样子、每一段一起走过的路。仿佛还能看见语文吕老师像春天一样美丽的裙角，还有敦煌大漠孤寂绮丽的夕阳，伸手还能触到成都的烟雨，身边依旧是朝夕相处的朋友，耳旁响起的是毕业晚会上同学们的歌。

这样的回忆弥足珍贵。三年的时光不仅是带来一份高考答卷，更是在成长至关重要的阶段让我明白需要诗和远方，需要文学的表达，而我因此热爱生活。

愿未来母校风华依旧。

——2019届筑真班毕业生　郭滢辰

筑真班那三年，充盈了我的少年时光，回想起来总有这样一种体悟：我在其中，我可以探索着，甚至摸索着长大，去感受这个世界，最终我得以认识自己。某种意义上，人的成长是有期限的，对于文学、艺术和诗歌只有在那扇感知大门闭合前，才能真正融入其中，意识到自己拥有一颗会被击中的心。筑真班构筑了足够宽阔的藤架，四月天、诗歌，让我们在学业之外，精神藤蔓不受约束地蔓延。这些更久远地塑造了我面对生活乃至生命的态度。感恩筑真班以及老师们。最后借洛尔伽的诗来表达筑真班赋予我之于生活的想法：我会走得很远很远，远过这些山丘，远过这些大海，直到靠近星星。

——2019届筑真班毕业生　闫函

筑真三载，铭记一生。

还记得初入十五中筑真中文实验班时的懵懂与稚嫩，不理解为什么要花数月的时间去了解诗歌，不理解假期游学的真正意义为何。厌恶过，也彷徨过。但后来才发现那竟是对我知识的启蒙，在话剧中探寻自我，在名著中洞悉人生。

我感激母校，她对当年中考失利、学习偷懒的我展现出无限的包容；我也感激筑真，她让我完成了从"被动学习"向"主动学习"的转变。

在大学的每一天，我都无比怀念高中的那些日子。十五中的筑真，是一个孩子梦开始的地方。

——2019届筑真班毕业生　张璐洋

2020 届筑真班班主任　王丹琳

2020 届筑真班班主任　陈欣

2020 届筑真班班主任　高明

在筑真班的三年中，我想用三个词来概括我的感受：收获，多彩，成长。

班级的教学宗旨是以人为本，无论是定期举办的筑真人文讲座、阅读课，还是日常的课堂，我都收获颇丰。我印象最为深刻的是高一下学期的研究性课程。当时我参加了历史课，我们在一个学期就"经济重心南移"问题进行了研究与讨论，这也是我尝试论文撰写以及进行专业性学术研究的开始。

除了上述的讲座和课程，筑真班还安排了丰富多彩的研学活动，我们曾前往西安和桂林，进行实地考察，体验风土人情，进行研究性学习。此外，在"筑真意叶"公众号，我也曾参与过《梦回大唐、大宋》系列的撰稿，在这里，我们不仅是学生，筑真班为我们提供了展现自我的舞台。

在筑真班的三年学习，让我在收获知识、享受丰富多彩生活的同时，也接受了人文教育的熏陶，成长了许多。值此之际，祝十五中筑真班越来越好！

——2020 届筑真班毕业生　张爽

对于全理科的我，其实在高中生活中会担忧自己在人文学习方面的匮乏。理科学习中我重视思维逻辑，追求标准答案，偏重理性。但十五中是一所人文气息十分浓厚的学校，我亦有幸加入"人文实验班"学习，日常学习之外的讲座等都给予了我更多与人文亲密接触的机会，去更真切地看历史、游古今、走世界，感受文人细腻的情感与心路历程，也培养了我相关的兴趣。筑真活动使我思考了许多从前并未思考过的东西，更清楚地认识我们所生活的世界，亦去探索自己。

——2020 届筑真班毕业生　云景

十五中筑真课程兼具美学教育与人文视角，从人文阅读艺术鉴赏等方面入手，给学生以自由多元的学习体验。在我三年的筑真生涯中，对筑真阅读有着很深的感悟，它让我在课业之余获得了更多的人文感悟，更获得了在未来大学学习中需要的感悟和学习能力，让我受益匪浅。

——2020 届筑真班毕业生　王一哲

2021 届筑真班班主任　海娜

2021 届筑真班班主任　师虹

　　最近总有许多事让我情不自禁地回想起高中的日子，从四年前火热的军训开始，十五中就在一点点改变着我、铸就着我。回忆总是以点连成线，我的高中是五六个薄厚不一的随笔本，是系在雕像上的三条红色飘带，是上课打着盹被刘健老师当众点名，是舞台上的繁漪，是上高考考场前老师们好看的旗袍……这三年，我尽情莽撞、肆意思考。每当我在思考中混乱不堪的时候，郑莉老师总能用精简的话语令我茅塞顿开、豁然开朗，这让我感受到一种极大的精神上的丰富感与满足感。"守直筑真"，在十五中我遇到的每一位老师、每一位同学都能让我感受到这份正直和真诚。如今我走入大学，高中的那些所学所悟所感所想，那些理想与品质，依旧是我心尖上的宝藏，是我一生的恪守与追求。

——2021 届筑真班毕业生　戴晨

又是一年开学季，恍惚间仿佛又回到高中刚入学之时。走进十五中的校门，映入眼帘的是古色古香的教学楼，两侧银杏树环绕池畔，形成一幅和谐至美的画面。

今年恰逢十五中建校 70 周年，我不禁感慨时光的流逝。在十五中的这三年，丰富且充实。学校不仅传授学习知识，更培养我们做人的品德，正如校徽所设计，一个连笔的"15 中"字样，形成一个"品"字，时刻提醒我们"做有品质的十五中人"。学校的校训"守直筑真"，简短而有力，承载着学校对我们的希冀。这些特质将十五中育人为第一位的教育准则展现得淋漓尽致。

十五中重视人文素质教育，并不以学习成绩的高低为一切的评判标准，也并非将提高成绩作为教育的唯一目的。高中三年学业虽重，但活动依然颇多，包括各种文体活动、学科竞赛、社会实践活动等，使我们拓宽视野、增长见识。这种全面发展的教育方式，培养了我们的综合素质，让我们能更好地面对未来的生活。因此在进入大学后，我依然能够将生活安排得丰富多彩而又井然有序。如今虽已离开母校，但这些成长中的影响无法磨灭。在这母校建校 70 周年之际，也衷心地希望十五中能越来越好。

——2021 届筑真班毕业生　孙欣盈

"如果时光可以倒流，那我一定要再好好看一眼十五中满是银杏的秋。"

在十五中读初中的时候，最盼望的就是有一天能踏进高中部的校园；三年后我如愿以偿，却又想着什么时候才能"逃离"高中的束缚，早点考上大学获得"自由"。此时此刻，当我提笔回忆起高中的往事——多可笑啊，我曾数次抱怨的"牢笼"，却是成就了我青春年华最珍贵的炽热。

直到后来我终于慢慢地明白，挂在我心头六年的"守直筑真"四字，足以伴随我成长一生。学会做人，是十五中带给我的淬炼，更是宝贵的财富。我以前一直想不明白，高中生拼命学习就够了啊，为什么还要立出那么多条条框框的规矩，甚至连指甲的长度都有规定？现在的我可以坦言：当我们步入更大的社会后，细节见人品，规矩映教养，谈吐即内涵。当我真的见过了形形色色的人之后，我无数次发自内心地感恩十五中严格的纪律和要求，正是有品质且饱满的校规才让我懂得做人的本质。

现在回头想想高中那三年——我们堆在一起画板报、为了早点吃饭马不停蹄跑进饭堂、上课时犯困偷偷低头打盹，甚至是惹老师生气后自己内心的委屈，都成为我极大的幸福。

——2021 届筑真班毕业生　魏莱

高中三年筑真班的时光让我遇到了非常喜欢的老师和朋友们，真的很高兴能在这里遇到这么多优秀的人，三人行则必有我师，这让我更加有动力和斗志提升自己，向他们看齐。

此外最大的收获便是确立了未来的目标。这三年里，经历过的每次筑真阅读课、每次讲座，去过的每次博物馆；在黄鹤楼比过的飞花令，在三峡填过的词……都让我更加被学校的历史文化和人文精神所吸引，在诗词的国度里为历史上的他们而悲喜，我在这一过程中确定了自己以后想去学古代文学，并为文化传承或传播尽一分力的目标。

记得一句话，"观乎人文，以化成天下"，"人文"的内涵在变化，如今却仍是不可或缺的。筑真班对学生人文方面的培养，让我们拥有强大的精神力量之后也能更好地面对未来的风霜雨雪。希望筑真班能越办越好，希望之后的学弟学妹们能在此有所收获，也能有更好的未来。

——2021 届筑真班毕业生　支琳

2022 届筑真班班主任　杨岩

2022 届筑真班班主任　王冀

　　2019 年夏天，我走进十五中，走进筑真班。那个时候我还不明白"筑真"对我意味着什么。在"筑真"的三年，我们曾体验《窝头会馆》中生活的苦辣酸甜，曾沉浸于北京傍晚的《音乐之声》，曾共同领略水长城的波澜壮阔，尽可能地走了很多地方，做了很多事情。在筑真班的三年，我受教于改变了我人生轨迹的老师，交到了我认为会延续一生的朋友，"筑真"寄托了我高中生活的所有情感。来之前，我高傲自大，不懂收敛自己的锋芒，离开时，我学会了冷静、自省，淡然面对生活。"筑真"承载了我的三年青春，也成就了这三年。

　　　　　　　　　　　　　——2022 届筑真班毕业生　徐开心

当银杏叶飘落左肩，"筑真"二字镌刻在人生中的印记，唤醒了我的高中回忆。我想起玉兰和桃花，我想起放学后的跑道，我想起清晨草坪上蹦跳的喜鹊，我想起筑真汇演时来自学长学姐的礼物。

——2022 届筑真班毕业生　刘梦瑶

2023 届筑真班班主任　陈欣

　　毕业马上快一年了，回想起我的高中生活，在筑真班老师和同学们的陪伴下，过得充实又美好。可能再过几年，走上工作岗位时，我不会再记得繁杂的物理定律、华丽的化学反应，但我仍会记得和同学们一起演绎莎士比亚，记得李白的诗酒人生，记得在筑真毕业会上唱的《不说再见》。

　　三年前的第一节语文课，邱老师送给我们的一句话我仍牢记在心：在辽阔的世界中，做一个不狭隘的人。这就是"筑真"能带给我们的力量。

——2023 届筑真 1 班毕业生　温京扬

　　高中三年生活虽然受到疫情的影响，但是学校仍然给我们提供了丰富精彩的活动。这些活动丰富了我的课余生活，让我有了更宽广的视野，也给予了我更多的自我突破的机会。筑真班的三年生活令我十分难忘，如今上了大学，我依然会经常回忆起高中的生活、可爱的同学，这是我人生中一段非常宝贵的经历。

——2023 届筑真 1 班毕业生　秦恺棣

2023 届筑真班班主任　邓振平

　　在筑真班三年的学习中，我的英语和历史老师常常在课上为我们补充课外知识，这在加深我对课本知识理解的同时，也极大地拓宽了我的学术视野；在课下，老师同学们也经常就感兴趣的话题搜集资料、各抒己见，我们班的人文气息便就此产生，这对我求学的影响颇为深远。感谢母校三年来的栽培，祝母校在 70 岁生日后，继续培养出更多优秀的十五中人。

　　　　　　　　　　　　——2023 届筑真 2 班毕业生　来天宁

　　三年之前，刚刚收到录取通知书时，我还没有入学，还没有对"守直筑真"的校训有深刻的理解，但在朋友圈发布了"守直筑真"四个字表达我对高中生活的憧憬。经历了三年有笑有泪的生活，在与同学、老师们的朝夕相处中，我对"守直筑真"这一校训有了自己的感悟：要保持真我，做个善良正直的人。感谢在这里生活的三年，愿十五中、愿筑真人文实验班越办越好。

——2023 届筑真 2 班毕业生　冯浩铭

2023 届筑真班班主任　张静

　　高中虽然经历了几年疫情，我们的笑脸也被口罩遮盖，但彼此间的心却没有因此而疏远。四月天游学、新年联欢、办公室畅谈、筑真会演的场景都是我梦境中的常客。感谢十五中，感谢筑真班！你们在我的青春印迹上留下了浓墨重彩的一笔。希望筑真学子尽情享受筑真时光，祝母校欣欣向荣，蒸蒸日上。

——2023 届筑真 3 班毕业生　孙向恒

第五部分
筑真在我，我在筑真

筑真班的学习经历是毕业生的一份难忘的记忆，更是每一位在校学子的此时此地。珍惜当下，把握当下，才能不负青春，不负"筑真"二字。

2021 级筑真班班主任　王丹琳

　　筑真班是团结温暖的象征，在这个集体中生活、学习，给我带来的不仅是一份荣耀，更是一种责任。这一年中，我们经历了各种大小考试、游学和活动，在适量的压力中，我不断学习和进步，争做榜样；在适时的放松下，我收获了良好的情绪。我们正在不断成为温暖、团结、包容的人。

　　希望更多的同学加入筑真班，传承筑真班的办学理念，并终身受益。

——2021 级筑真班 1 班　卢艺佳

在筑真班的这段时间，我感受到了浓浓的人文气息。老师们循循善诱、幽默风趣，同学们博览群书，志同道合的人比比皆是，可以说是"有朋自远方来，不亦乐乎"。不仅如此，班内人文社会、自然科学的书籍都可随时借阅，任君挑选，可谓是书香阵阵。

——2021 级筑真班 1 班　高天泽

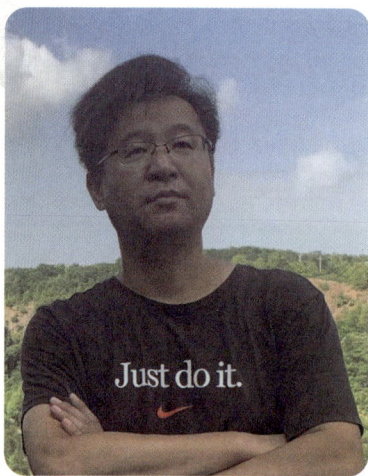

2021 级筑真班班主任　吴宏宇

希望我能在筑真班中成长为一名全面发展、饱满的十五中人。

——2021 级筑真班 2 班　李益彤

希望我能保有乐观和勇气，面对未知和挑战。

——2021 级筑真班 2 班　张馨予

希望我能在筑真班努力完善自我，学习他人的优点，改正自己的缺点，为梦想而奋斗。

——2021 级筑真班 2 班　朱程煜

2021 级筑真班班主任　师虹

青春靓丽，充满活力，希望在筑真班的三年里能够全面发展，综合提高，在追寻梦想的路上更进一步！

——2021 级筑真班 3 班　李云凝

希望我能在筑真班的舟舸中，筑人文之基，探人品之真，不仅于文山书海中遨游，更能知行合一，进德修身，无畏风浪，扬筑真之帆于沧海碧天。

——2021 级筑真班 3 班　李厚则

何其幸运，我在筑真。它带我们拓宽视野，教我们正直真诚，用双手托起少年那青涩的梦想。悠悠十载，筑真有我。银杏树下，求学路上，我们恣意生长，续写绚烂华章。愿再回首之时，四方梦想皆能如愿以偿！

——2021 级筑真班 3 班　张玥琳

2022 级筑真班班主任 杨岩

　　成为筑真班的一员一直是我的梦想。而如今实现了才发觉，筑真班比我想象中的更加美好。每一个同学都在认真努力地学习，班级始终有昂扬向上的学习氛围。生活学习在这种氛围里，让我充满了对未来三年的期待。我相信在未来的学习生涯中，一定可以越走越高，实现理想追求。

——2022 级筑真班 1 班　王子恒

书声琅琅，泥土芬芳，构筑真诚，卓越大方。
飞鸟翱翔，奔向山岗，纯真笃学，自强昂扬。
笔尖开花，才思泉涌，十五中人，品学兼优。
追风赶月，不曾停留，平芜尽头，春山邂逅。

——2022 级筑真班 1 班　许洁云

2022 级筑真班班主任　陈嘉宁

开学一周以来，我体会到了筑真班的一些特点。同学们的知识储备与学习能力都很强，但这种能力的突出并没有导致恶性竞争，而是形成了亲切而给人安全感的氛围。期待随着各种校园活动与社团的开展，我们的生活会更加多彩而有所收获。

——2022 级筑真班 2 班　辛芳宇

踏莎行

朗朗云高，秋来夏去，暖阳天阔好九月。十五学子朗书声，筑真少年从头越。

挥斥方遒，守直求切，会当绝顶览山岳。正心好问未曾怠，求真格物从不懈。

——2022 级筑真班 2 班　姜沐舍

　　成为十五中筑真实验班的一员以来，我感受到了筑真人文实验班的人文精神和知识与热情的炽热融合。我们的青春将在老师们的谆谆教导下在十五中美丽的校园中盛放。期待和筑真班的同学们，以及可爱而充满热情的老师们在未来收获属于我们的硕果！

——2022 级筑真班 2 班　刘芷萁

2022级筑真班班主任　刘建莉

　　午后的闲暇时光，微风拂过窗棂，作业本被掀起，浅浅地荡漾。屋内是令人安心的静谧，隔着一片玻璃的窗外，阳光在树影婆娑之间流淌。

　　我闭上眼睛，回忆自己的幸运。我还记得，得知自己有幸走进北京十五中的筑真人文实验班时的欣喜，好像世界旋转着变换花样。还有接踵而至的军训。跟着严谨认真的教官，伴着新同学一见如故的笑语，背后是冉冉升起的朝阳。怒晴的天空为我们绽放，柠檬黄色的教学楼在太阳的直射下仿佛也会发光，让人不自觉地联想到未来绚丽的三年，放飞恰同学少年的梦想。拓展活动中的新同学迅速地变成队友，齐心协力的口号和被天空染红的肌理共同蒸腾着，一如天边的流光。至于结果——教室那一角盈盈而立的火鹤花，带着明艳夺目的中国红。

　　9月开学日，我终于见到了风格不同的老师们。她们或幽默的话语，或细致的讲解，是明灯、是航线，指引我们步入光怪陆离的世界。知识的殿堂里有不息的水，被孜孜不倦的爱心暖成涓涓细流。我对这神圣的职业有着无上的敬意和感激，更想在她们劳累时说上一句，"您辛苦了"。

我在知识的海洋里浮游，浪花是斑斓的颜色。这里有认知与感性的纵意，也有着逻辑至上的定理。三班的故事还在继续，有阳和启蛰的愉悦，有暗处逢灯的欢喜，更有美意延年的感激。

能够加入筑真班的集体，一起度过绚烂的三年，我感到欣喜，并无比期待。葱郁的银杏在窗外摇曳，我要向着光的地方行进，那里有下一个明天。

——2022 级筑真班 3 班　李嘉辰

十五中扎根树林满七十载，助无数学子筑梦成真七十载，为国培养人才七十载。

很荣幸成为十五中这所 70 岁老校的学生，更幸运的是进入了筑真班这个特别的大家庭。筑真班与我刻板印象中的实验班截然不同：同学们不是浑浑噩噩的学习机器，而是积极向上、充满青春激情，有梦想有目标的有志青年。

筑真班的学生都是有梦想、有温度的，老师们是有温暖、有奉献精神的。在学习过程中，我感受到了满满的人文关怀。老师是风趣幽默的学者，在教书时是严格而不是严厉，并不是在强迫我们学习，而是带着我们筑梦的引路人。

三年后，我相信我这片银杏叶会带着自己已经实现的梦想，从十五中筑真班这棵高高的银杏树上起飞，飞向新的起点！

——2022 级筑真班 3 班　孙祎扬

2023 级筑真班班主任　张永华

我在筑真班度过的每一天都充实且富有挑战。

无论是课上还是课下，班里的学习环境总是安静又充满学习氛围，我有幸与众多优秀的同学共同努力，我们互相学习、互相支持，共同进步，每个人都怀揣着梦想，追求卓越。

面对挑战，我也曾迷茫和焦虑。但每当我遇到瓶颈，总有老师和同学伸出援手，让我明白团结与合作的力量，让我学会如何面对困境，如何调整心态、勇往直前。筑真班还有着丰富的课余生活，不仅能缓解学习压力，也培养和发展了我的兴趣爱好，充实了学习与生活，这也让我交到了更多志同道合的朋友。

——2023 级筑真班 1 班　王韵涵

在筑真班的生活是温暖而充实的，在课堂上，同学们认真听讲的样子激励着我，在课下，大家除了一起玩笑还会相互答疑，学习氛围永远是令人愉悦的。

在课堂以外的地方，比如在运动会、实践活动的时候，班级展现出团结包容的氛围，与同伴奋力拼搏的感觉令我激动。

筑真班丰富的选修课程更是拉近了我与同学之间的关系，我学会了如何更好地沟通、如何使用一些技术软件，这对我今后的生活有很大的帮助。在这样的环境下，我体会到了学习的乐趣。

——2023 级筑真班 1 班　朱逸凡

时光易逝，春意渐浓。高中筑真班第一个学期在紧张、充实而又愉快的学习生活中结束了。用一句话来概括我在筑真班的学习感受：收获了知识，增长了见识，拓宽了视野，结识了朋友，获益良多。

一是得遇良师，何其有幸。筑真班的各位老师，总能抓住我们的眼球，讲知识但更注重讲思路，旁征博引，传授好的方法，提出分析问题、解决问题的新角度、新思维。让我们能很快地接受新知识、分析新问题，不断激发我们面临新挑战的勇气和决心，使我们对新知识的掌握从被动转为主动。

二是恰逢知己，惺惺相惜。筑真班的小伙伴们，总能提出各种解题的新思路、对各种问题的新看法、对各种理论的新理解、各种活动的新创意，让我耳目一新。我们一起认真对待的每一道错题、每一次辩论、每一项活动，都会让我们在面对未来时多一分底气。

——2023 级筑真班 1 班　张悦言

2023 级筑真班班主任　张晴

一转眼，已经过了一个学期，班级给我的最大感受就是团结，有着一股强大的凝聚力，使我们在面对问题时能相互理解、齐心协力。虽然高中的生活十分辛苦，但总有可爱的同学和亲爱的老师陪伴着我们。筑真班一直致力于对学生人文素养的培养，这也在很大程度上拓宽了我的学术视野。我相信未来几年我会在筑真班中收获充实、快乐又充满意义的一段时光。

——2023 级筑真班 2 班　王冠峰

在筑真班的这段时光中，我感受到了十五中深厚的文化积淀。每每参与丰富多彩的活动、聆听精彩纷呈的讲座，我都能感受到老师们对我们多元发展的殷殷期盼。

当然，高中学业方面的压力也时常困扰着我，幸好有志同道合的同学们相互鼓励和老师们的悉心教导。我在筑真班感受到了浓浓的学习氛围，让人沉浸其中，在点点滴滴中不断提升。接下来的筑真班生活，我坚信一定会更加充实，让我终生难忘。

——2023 级筑真班 2 班　张晓锦

2023 级筑真班班主任　张静

在筑真班大家庭中我已经学习生活了一个多学期，我感受到筑真班的同学们是热情的，他们总是会出现在需要帮助的同学身旁，伸出援手；筑真班的学习氛围是良好的，不论是课上、晚自习还是课间，都能看到许多同学奋笔疾书；筑真班的老师是认真负责的，他们不只是教书、答疑、解惑的知识传授者，更是我们成长路上的精神引路人……总之，筑真班的生活是丰富多彩的，她为我们搭建起展示自我的平台，给我们以自信、健康、真诚，令我们精神饱满，让我们成为更好的自己。

——2023 级筑真班 3 班　马语婧

在筑真班的学习生活，让我受益匪浅。在这里，我感受到了同班同学求知好学的学习态度，鼓舞着我奋发向上；在这里，我体会到了同学间互相关怀的温情，温暖让我主动地帮助他人……老师们传授知识，同学们认真听讲、主动讨论，这是多么美好的氛围！正如"筑真"二字的深层含义一样，筑真班的同学们用正直和纯真，影响着彼此，感动着彼此，也温暖着彼此。

——2023 级筑真班 3 班　田溯

筑真的故事如此精彩，筑真的故事还将延续……

筑真在我，我在筑真。

2022 届筑真班　贺雨萌《云涌》